ひまりの一打

半田　畔

序章　出会いのアイアン　007
第一章　結成のパター　021
第二章　証明のユーティリティ　087
第三章　開戦のドライバー　157
第四章　決着のフェアウェイウッド　221
終章　始まりのアイアン　279
あとがき　285
解説　生田衣梨奈　288
『ひまりの一打』をもっとたのしめる**ゴルフ初級講座**　297

ひまりの一打

序章　出会いのアイアン

中原(なかはら)ひまりの家は駅から離れた住宅街にあり、二階建て３ＬＤＫの、これといった特徴のない一軒家だった。強いていえば、幅六十五メートル、長さ百九十メートルの、ほんの少し広い庭があるくらいだった。庭の名前は中原ゴルフ練習場といった。

学校から帰宅するとき、必ずこの庭を通らなければいけなかった。家の玄関が、一階のフロントを抜けた先にある、従業員出入り口の向こうにあるからだ。そしてランドセルを下ろす前に、必ずフロントに立っている父がひまりを見つける。

「おかえり。ひまり、今日も頼むよ」

「宿題があるんだけど」

「打席のカゴを回収するついでに、ちょっとみんなに挨拶してまわるだけじゃないか。評判がいいんだよ。ひまりと話をするために、わざわざ余計にボールを打って待ってるひとだっているんだし」

「それって客寄せパンダだ」

「おい、どこでそんな言葉覚えたんだ」

「こどもをコヨーしちゃいけないんだよ」

学校の社会科の授業でたまたま習ったことをそのまま説明すると、父はわかりやすく動揺し、言い訳を必死に探して、もがくように手を動かし始める。

ひまりはこの庭が嫌いだった。小学校にあがったとき、みんなの家にはゴルフ練習場がないことを知って、とても恥ずかしい気持ちになった。家の真横にゴルフ練習場があるのはわたしのところだけだ。周囲にいくつもの鉄柱が立っていて、ネットが張り巡らされ、そのなかで大人たちが一心不乱に球を打ち続けているのは、わたしの庭でしか起こっていないことだ。

父が経営するゴルフ練習場には、一階で喫茶店の営業もしていた。喫茶店を切り盛りしていたのはひまりの母だった。友達を呼ぶたび、喫茶店でパフェを出した。ナポリタンを頼む男の子もいた。

「ひまりちゃんすごいね！　ゴルフってお金持ちがやるスポーツなんでしょ？　じゃあ、ひまりちゃん家はすごくお金持ちだっ」

そんなことはなかった。

夕飯が二日続けてカレーのときだって何度もあるし、たまにでてくるお刺身はスーパーで買ったセール品だ。靴はよく買ってくれたが、壊れたおもちゃ（キャラクターの人形）の代わりを買ってもらうには三か月以上も我慢しなければならなかった。

旅行に連れて行ってもらえるのは一年に一回。運がよければ二回連れて行ってもらえたが、小学校三年生のひまりはまだその運に一度しか巡り合えていない。旅行には連れて行かないくせに、父は都合のいいときだけ自分を客寄せパンダに使おうとしている。

「じゃ、わたし、家に戻ってるから」

「ひまりがやっているのは仕事じゃなくて、家事手伝いでしょ？」

去りかけたとき、横やりが飛んできた。母だった。つけているエプロンには『中原ゴルフ練習場・喫茶店』とある。

「お友達もみんな、お皿洗いや庭の草むしりを手伝ってるはず」

母の意見に父がとびつく。

「それだ！　家事手伝い！　なあ頼むよ、ひまり」

「手伝いなら喫茶店のほうをやる」

「あいにく人手は足りてるの」

突き放す母の声はすでに遠く、喫茶店のなかのキッチンに姿が消えていくところだった。声の調子から半分は本気で、半分は面白がっているのがわかった。これで断る理由がなくなってしまった。

「ランドセル置いてきてからでいい？」

「ありがとう!」

せめてもの抵抗のために、大きくため息を残し、フロントを抜ける。従業員出入り口のドアを開けて、ひび割れたマットの敷かれた通路を抜けると、ようやく家の玄関口だ。ランドセルを放って、玄関をすぐにあとにする。

ひまりはゴルフ練習場が嫌いだった。ネットが周囲を覆うことから、ゴルフ練習場を「鳥カゴ」と表現するひともいる。そんな表現に合わせて説明するなら、父は、鳥カゴのなかで餌を求めて鳴く鳥たちの世話に忙しかった。みんな白い球が大好きだった。五十球食べて(飛ばして)満足するものもいれば、二百球以上食べる体力のある鳥もいた。

ひまりはゴルフが嫌いだった。父がゴルフをやってみろと指示してきたことは一度もなかった。だけどその目が期待に光るのを何度も見ていた。ひまりが自らゴルフクラブを握ったときにそなえて、父は万全の準備を整えているようだった。ゴルフ練習場の手伝いをさせるだけじゃ飽き足らず、ゴルフ自体をやらせようとしていた。

だから当てつけのように、違うスポーツに熱中するようにしていた。体育のドッジボールでどれくらい活躍したかとか、昼休みのサッカーで何点ゴールを決めたかとか、夏休みの水泳教室の大会で一位を獲ったとか、そういう話をたくさんした。四年生になる来年は陸上クラブに所属しようと決めていた。クラブ活動が始まれば、家事手伝いとやらもしなくて済む。

「やあやあ、中原さんの娘さんだ！」

打席スペースに向かうと同時、客の一人がさっそく気づいて声をあげた。一人、また一人、とおじさん連中が話しかけてくる。クラブをわざわざ置いて近づいてくる者もいた。

「ひまりちゃん、学校はどうだった？」

「ふつー」

「お父さんに打席料とボールの料金を下げるよう言ってくれよ」

「わたしのお小遣いが減るからいやだ」

「ひまりちゃんも打ってみるか？」

「ぜったいいやらない」

打席で打ち終えた客が残していったカゴを回収しながら、一人ひとりに返事をしていく。カゴはボール貸し機の横につみあげる。マナーの良い客なら打ち終えたあと、帰りにきちんと戻すが、打席に残したまま去っていく者も少なくない。

長く家事手伝いをしていると、球を打った音だけで、打球の行方やショットの質がわかるようになっていた。ゴルフを嫌いであることに変わりはないが、打席の後ろを通り過ぎながら、練習している客の採点を頭のなかでするのが、ちょっとした習慣になっていた。

カシュッ。へたくそ。クラブの変なところに当たり、右に飛んでいった。

ボオン。ボールの頭を叩いた音。まともに飛ばず、地面を跳ねる。

ドゴッ。手前でマットを叩いてダフった。高さのわりに飛んでない。

へたくそ。へたくそ。みんなへたくそ。たいして違わない。客層が同じだから、違わなくて当然だ。来るのは三十や四十を超えた、ひまりにとってはおじさんと呼べる男性ばかり。たまに若い女性もやってくるが、聞くにたえない音しか出さない。

一階のカゴ回収が終わり、惰性で二階へ向かっていた、そのときだった。聞いたことのないショットの音が耳に届き、階段を上っていた足が思わずとまった。

パアアンッ！

頬をはじかれたような、破裂音。変な当たり方をしていない、マットを少しも削っていない、気持ちのいい音。

パアアンッ！

また響く。早足で階段を上る。二階には何人も客がいたが、その人物が打つ球の音しか耳に入らなかった。

音の持ち主は二階の右、一番奥の打席にいた。若い男性だった。二十代、いや十代と言われても信じるかもしれない。中原ゴルフ練習場にはめったに訪れない年齢層。だけど年齢だけじゃない。クラブを握る、その構え方がほかの客とは違った。

ぴんと張った背筋、打つ前から良いショットだとわかる雰囲気。手足の延長みたいに、自然にあがるクラブ。ぴたりとある地点でとまり、そして、静からまた動へ。クラブを振り下ろし、ボールを打ち切るまで、流れるような動作。そしてまた、あの響く音。

パアアンッ！

打席に残っていたカゴを片づけるのも忘れて、音に引き寄せられていった。青年の打席には姿見が取り付けられていて、スイングのチェックをすることができるようになっていた。そこにひまりが映ると同時、鏡のなかの青年と目が合った。邪魔をしてしまったと思い、あわてて目をそらす。退却しようとしたところで、声をかけられた。

「打ってみる？」

ひまりがゴルフ自体に興味を持って近づいたのだと勘違いしたらしかった。そうではなく、あなたのショットとその音に引きつけられたのだと、すぐに打ち明けるほど正直ではなかった。黙っていると青年が続けた。

「お父さんかお母さんと、はぐれた？」

ひまりを迷子だと思ったらしい。ゴルフをやっているような格好でも、雰囲気でもないからだろう。ここで働かされるのは嫌だけど、まったくの部外者だと思われるのは、もっと癪だった。自分の庭で迷子になる子供はいない。

「お父さんはフロントにいて、お母さんは喫茶スペースのキッチンにいる。そしてわたしは働かされてるの。だから迷子じゃない」

「なるほど。それは失礼」

「ゴルフのことだってちゃんと知ってるし」

「きみが？　ゴルフを？」

信じ切っていないと、その態度でわかった。背伸びした子供を諭すような笑み。悪意はないが、こちらへの尊敬もない。担任の先生も、同じような笑みをよく浮かべる。

クラブに触れたことはない。実際にコースに出たこともない。だけどゴルフがどういうスポーツかは知っている。鯨を見たことがない子供でも、図鑑で読んで知ることができるように、ひまりはゴルフというスポーツのルールや用語を熟知していた。

ひまりは青年に語ってみせた。持っている知識のすべてを披露した。ゴルフは最大十四本のクラブを使って球を打ち、最終的に幅数センチのカップに入れるスポーツであること。その打数の少なさを競い合う競技であること。

ゴルフコース内には、十八個のホールがある。それぞれで、難易度も地形も長さもばらばら。最初にティーイングエリアから球を打ち、フェアウェイと呼ばれる芝生の道を使って、カップと旗竿(はたざお)があるグリーンという場所を目指す。フェアウェイの周囲は芝生がさらに長く伸びたラフに囲まれていて、ここに入れると打ちづらくなるから、みんな嫌がる。穴に砂が溜(た)まったバンカーも障害物になる。池に落ちたり、ホールの境界線を示す白杭(しろくい)から先にボールが越えたりしてしまうと、ペナルティを食らう。ひまりが語るうち、青年の表情が徐々に変わっていった。へえ、と感心するように声を漏らす。

「すごいね、よく知ってる。本当にここで働いてるんだ」

青年は自分への評価を改めたようだった。ひまりの腹の虫がそれで少し治まった。けれどそれも一瞬だった。

「それなら、きみもゴルフが好きなの？」

「好きじゃない！」

その勘違いもごめんだ。知っていることと、好きでいることは同じじゃない。ここに毎日いれば、嫌でもゴルフのことは耳に入ってくる。それだけ。

「止まってるボールなんか打って、何が楽しいのかわからない」

ひまりの答えに、青年が笑った。整った歯並びが印象的だった。

「ならきみは打てる？」

「当たり前だよ。簡単。この前も体育の野球の授業で、誰よりも飛ばしたもん」

「じゃあおれに見本を見せてくれ」

ひまりは近づく。あれほど避けていたゴルフに、いま、あっさり触れようとしていた。ムキになっていることをのぞいても、これほど自然にクラブを受け取ろうとしている自分に、ひまりは驚いた。

打席においてあるゴルフバッグに、ネームプレートがかけられているのが見えた。『三浦真人』とあった。しんひと? しんと? まと? 名前が読めなかった。

三浦からクラブを受け取る。握った瞬間、ずっしりとした重さが、腕に伝わる。アイアンと呼ばれる、一般的なゴルフクラブだ。クラブをひっくり返すと、底に数字が書いてある。「6」とあった。6番アイアン。

マットにボールを置く。グリップを握る。ほとんど勘だったが、格好はいろんな客を何百人と見てきていた。それほど的外れな立ち方ではなかったらしく、「へえ」と、感心したように三浦が息をついた。

呼吸を一つおき、クラブを振り上げる。非力なひまりはとにかくクラブを上げることに全力をそそいだ。それから勢いよく振り下ろす。ひぃうん、と風をわずかに切る、情けない音が鳴った。

ボールの行方を追う。ちゃんと前に飛んだだろうか。ダフったり、シャンクしてあらぬ方向に飛んで行ったりはしていないはずだ。でもどこに飛んだかわからない。ボールの感触も驚くほどなかった。それほど完璧にショットしたのだろうか。

「良い素振りだ」

ぱちぱち、と拍手が起こった。三浦の言葉に気づき、見下ろすと、マットにまだボールがあった。感触がないのは当然で、触れてすらいなかったからだ。信じられなかった。

体育の授業ではピッチャーが投げた球を、あんなに簡単に打てたのに。あれは動いていた球で、こちらはじっと止まっている球だ。絶対、こっちのほうが簡単なはずなのに。

「い、いまのは素振り」

そう答えて、さっきと同じように構え、全力で振り上げ、今度はボールから目をそらさずに振った。

重いクラブに体がひっぱられた。クラブの先端がボールをわずかにかすったのがわかった。ボールは打席の外にすら出ず、マットの上をくるくると回転しているだけだった。ムキになって、続けざまにもう一度振った。すると今度は見事に飛んでいった。ただし打席の外へ放たれたのは、ひまりの握っていたアイアンだった。ぶおんぶおん、と不気味な音を立てて、練習場内の芝生に落ちていく。一階にいた客たちのどよめく声が聞こえた。なかには笑い声も混ざっていた。

「20ヤードは飛んだかな?」青年が言った。

鏡に映る自分の顔を見る。真っ赤になっていた。唇を噛みしめ、涙目になっていた。ありえない。こんなのありえない。スポーツでこんなに上手くいかないのは初めてだった。

一階に下りた三浦が、ぺこぺこと謝りながら、練習場内に立ち入る。自分が放り投げたクラブを回収してもらうところを、ひまりは黙って見下ろしているしかなかった。

負けを認めて、打席を三浦に譲り渡した。彼は打席に立ち、回収した6番アイアンを握り、打って見せてきた。パアアアンッ。目の覚めるような音。打球が下から突き上げるように、ぐんぐんと伸びていく。一番奥のネットに簡単に届いてしまった。

三浦は次にドライバーをゴルフバッグから抜き出した。ヘッドの部分がアイアンと違い、空洞で丸みをおびていて、半円形になっている。ゴルフクラブのなかで最も遠くにボールを飛ばせるクラブであることは知っていた。

スイングすると同時、耳元で爆竹を鳴らされたような、すさまじい音が二階全体に響いた。思わず目をつぶってしまった。三浦は打ち続けた。

練習していたほかの客もいつしかクラブを振るのをやめて、三浦のショットに見入っていた。

ボールが伸びていく勢いは、アイアンとは比べモノにならなかった。スケールが違った。ボールが頂点に達する前にネットに当たってしまい、正確な距離など測れるわけもなかった。いまやっとわかった。このひとはプロゴルファーだ。

「お嬢ちゃん、ゴルフは一打で、300メートル以上飛ばす。野球のホームランでいえば二倍以上の距離だ」

「……お嬢ちゃんじゃない。ひまり。それがわたしの名前」

「悪いけど、250ヤード以上飛ばせる女子プロじゃないと、名前は覚えられない」

ひまりは打ちのめされていた。三浦を大人げないと誰かが言うかもしれない。体格も、筋力もまるで違う。大の大人が手加減なく実力を見せつけて、子供をいじめたようにまわりはとらえるかもしれない。だけどひまり自身はそうは考えていなかった。ゴルフに真摯だからこそ、彼はわたしに見せてくれたのだ。ゴルフとは、何かを。

「きみは確かにこのスポーツのルールを知っている。でもそれだけじゃ、本質を理解しているとはいえない」

三浦は続ける。

「ゴルフはただ単に止まった球を飛ばすだけの競技じゃない。ショットは常にメンタルに左右されるし、球筋にはそのひとの性格がでる。ゴルフとは、自分自身を飛ばすスポーツなんだ」

ひまりはきびすを返し、三浦から離れていく。階段を駆け下りた。悔しさで体が熱かった。だけどそれと同時に心を満たしていたのは、興奮と期待だった。わくわくしていた。

自分はどんな球を打つのだろうか。

いつかあのひとみたいに、すごいショットを打てるだろうか。

フロントにいる父は常連客のおじさんと株価についての雑談をしていた。客をおしのけて、父に詰め寄った。

「やる！」

「は？　……や、やるって、なにを？」

「ゴルフ、やる！」

小学三年生、ひまりはゴルフと出会った。

第一章　結成のパター

「お腹空いたなぁ」

ひまりは、ぐう、と鳴った自分のお腹をさする。二十歳になってから食欲が増した気がする。育ち盛りというやつだろうか。太らないように気をつけたい。でもお腹は鳴りやんでくれない。

二十歳の女子は一般的に、土曜日の昼間はどこにいるのだろう。大学のキャンパスだろうか。講義の最中で、友達とひそひそ話をして盛り上がっているのだろうか。もしくは原宿に遊びにいっているのだろうか。お気に入りの服を見つけて試着して楽しみ、食べきれないくらい大きなわたあめを持って写真を撮ったりするのだろうか。

ひまりはゴルフコースにいた。コースの名前は四宮カントリー。大会は千葉プラチナ女子オープン。プロゴルファーとなった女性だけが参加できる、戦いの場。その予選最終日、18番ホールのフェアウェイ。

天気は快晴。暑さが残る九月下旬のなかでも、今日は心地の良い気温だった。青空が透けて見えるほどの薄い雲が、ところどころに浮かんでいる。風が芝の匂いを運んでくる。ここがゴルフコースでなければ、いますぐブルーシートを広げてピクニックがしたい。

「お母さんがつくってくれたサンドイッチ、もうないんだっけ？」

「そんなことより集中してくれ！」

キャディとしてバッグを担ぐ父が、叫ぶ。

「予選を通過するかどうかの最終ホールで、サンドイッチの心配なんて！　もう、お前は本当に……」

「心配ないよ、これ以上ないってくらい、ベストポジションじゃん」

ティショット、一打目はこの日一番の飛距離がでた。260ヤードは固いだろう。まわりのフェアウェイを見回しても、他のプレーヤーがショットをしたときに残るディボットはあまり見当たらない。ここまで飛ばした選手が少ないということだ。

最終18ホールはパー5の488ヤード。一打目は260ヤード飛ばしているので、グリーンまでは残り228ヤード。

「ということでお父さん、3ウッドちょうだい」

「はあ⁉」

「ここからグリーン狙うから。目指せ2オン」

「お前、状況わかってるのか」

「さっき叫ばれたからわかるよ。予選通過がかかった最終ホール。その二打目でしょ。だから勝負にでなくちゃ」

「違う」

　違う違う違う、と父は頭を横に振る。首が取れるのではないかと心配になるほどの勢いだった。同じ組である二人の選手はもう打ち終わっていた。二人とも、ここからまっすぐ先にあるピンは狙わず、右のフェアウェイ、安全地帯にボールを運んでいた。

「目の前にある谷が見えないとは言わせないぞ。ここは絶対に刻め。この二日であの谷を越えてグリーンに乗せたやつなんかいないんだ。失敗してＯＢにでもなってみろ、一打罰のペナルティで、次は打ち直しの四打目。パーで上がるのはほぼ不可能だ」

　グリーンの手前には、ぽっかりと口を開けた大きな谷がある。ごつごつとした岩肌がここからでも見えた。その間からたくましく生える草木。口のまわりの傾斜は強く、何がなんでもボールを喉の奥に押しこんでやろうとする意思を感じる。口のなかには、かつて敗れた挑戦者たちのボールが、いまも回収されずに残っている。傾斜の入り口に立てられたＯＢラインをしめす白杭は、そんな挑戦者たちのために立てられた墓標のようにも見える。もしくは怪物の牙か。

　化け物の口である谷は越えず、右の安全地帯にボールを運び、三打目でグリーンに乗せるのが、最も無難かつスタンダードだ。そこから1パットでカップインすればバーディだって取ることができる。パーを取るのはもっとたやすい。

「イーグルもバーディもいらない。パーでいい。五打で上がれば予選は間違いなく通過だ。そうすればスポンサーも喜ぶ。ここで予選通過すれば、最近の不調にだって目をつぶってくれるはずだ。もっとゴルフを続けていたいだろ？　そのためにはスポンサーである所属先の会社に見限られるわけにはいかないんだ。な？　わかるだろ？」

「そうだね。ところで本当にサンドイッチってもうないの？」

「ひまりぃぃ！」

父が悲鳴をあげた。コースの端、ラフに集まるギャラリーがこちらに注目し始める。ギャラリーが最も集まるのは順位が決まる最終日だが、この日の数も決して少なくはなかった。ひまりがキャディと揉めていることに、気づき始めたらしい。

「お父さん、ショットに迷ったときのわたしのモットーは知ってるでしょ」

「……『わくわくするほうを選ぶ』」

「そのとおり。ここで2オンしたら最高に気持ちいいし、明日の最終日も波に乗れる。間違いなく、ここは勝負どころだよ、お父さん」

「お前のわくわくが、他人にとってのバクバクになることを忘れるな。おれが心臓発作で死んだら間違いなくお前のせいだからな」

「ほら、はやく3ウッドちょうだい。大丈夫だよ。風も追い風だし、フェアウェイも打ちおろし気味。220ヤード飛ばせばグリーンに乗る。3ウッドならできる。というかわたしならできる」

「今日の風は気まぐれだ。打った瞬間に向かい風になったっておかしくない。このシチユエーションなら男子プロだって躊躇する距離だ」

それでも。

それでも、三浦真人なら躊躇しない。

あのひとならきっと、同じようにグリーンを狙うはず。

空へと突き抜ける目の覚めるようなショットで、ここにいるギャラリー全員の視線を奪い、そして沸かせるだろう。ひまりの目標のゴルファー。たった一度だけ、家の庭であるあのゴルフ練習場で出会い、そしてゴルフを始めるきっかけをくれた、男子プロ。

「お父さん。いいかげん、遅延行為でペナルティ食らっちゃうよ。そうなったら、それこそ目も当てられない。スポンサーはわたしとの所属契約を解除しちゃうかも」

「……い、いや、だめだ！　やっぱり3ウッドは渡せない！　お前のキャディとして渡せない！　もう二年目なんだぞ！　いいかげん、プロとして自覚を持てっ」

「プロである前にわたしはゴルファーなんだよっ。いいから頂戴ってばあ！」

結局、無理やりゴルフバッグから3ウッドを抜いた。父に止められる前に、ボールの近くに立ち、クラブを構え、ショットの準備に入る。運転手が車に乗り込み、エンジンをかけたのと同じだ。こうなるともう、誰も邪魔できない。視界の隅で父が頭を抱えているのが見えた。

構えてすぐに打つわけじゃない。ショットの前のルーティンがある。どのプロゴルファーにも備わっているように、ひまりにも独自のルーティンがあった。

まず、ボールの後ろに立ち、ピンに向かって目標を定める。二次元の線を引くように、3ウッドのヘッドの部分をまっすぐ構えて、下ろす。ピンとボールが線でしっかり結ばれる。

それからアドレス。素振りは一回。それ以上も、以下もない。これがひまりのリズムだった。素振りを終えて、それから二回、左肩を指で叩く。左肩を意識してテイクバックするためのおまじない。

ルーティンを終えて、いよいよボールの横にヘッドを置く。ここからはもう、待ったなし。ギャラリーのほうからかすかに聞こえたひそひそ声すらも、消えてなくなる。この次の瞬間にはもう、ボールは芝生の上にはない。結果は空の上だ。

テイクバックでヘッドを浮かせていく。ひまりのそれはほかの女子プロに比べて少し遅い。ボールの行く末が気になるが、あせってはいけない。

そしてバックスイング。振り上げて、ヘッドがトップの位置にくる。重さ、肩の向き、右に乗った体重、体に伝わるそのすべての情報が、いまだと伝えてくる。

全身のバネが跳ねて、爆発する。振り下ろしのダウンスイング。ひゅん、と一瞬の風を切る音。

そしてインパクト。その瞬間、ぐう、とお腹が鳴った。思わずそれに気をとられかけた。しかしもう遅い。止まらない。自分の意思で体を止められる段階は、とうの昔に過ぎていた。

ヘッドがボールに当たり、空へとつき抜け、打ちあがる。フォロースルーはのびのびと、そして一気にフィニッシュの構えまで、ほぼ自動的に、体がつくられる。

ボールはまっすぐに飛んでいた。確かな手ごたえを感じていた。決まった。これは2オンする。お腹は空いていたが問題はない。全力で、かつ力まず振り切れた。わたしは賭けに勝ったのだ。この予選が終わり、帰りの車で説教を食らうのはわたしではなく、お父さんのほうだ。そう確信した、そのときだった。

ボールが谷の中間まで飛んだところで、突風が吹いた。追い風が体を揺らし、こらえきれず、フィニッシュの体勢を崩してしまう。

ギャラリーがざわつきだした。帰りの車で説教を食らう父の姿が、ぐにゃりと曲がりだす。あれ？　これって、まずい？

風がやむことはなかった。

「行け！」思わず叫んだ。

ボールはグリーン手前の土手にぶつかった。谷を越えたと喜んだのもつかの間、ボールはその勢いを完全に殺されてしまっていた。ひまりたちが見つめる２２０ヤード先で、なすすべもなく傾斜を転がり、谷底へと落ちていった。化け物の口が喜んだ。

「ああ、神様」父が呻くようにつぶやいた。

「やっちゃった……」

結局この日。

ひまりは最終18番ホールで、ダブルボギーの七打を叩いた。

予選落ちだった。

中原ゴルフ練習場の喫茶スペースでサンドイッチを食べながら、ひまりはテレビを見ていた。ゴルフの大会を放映する専門チャンネルは、大会の最終日を朝から流していた。

女子プロ選手がティーイングエリアに立ち、一打目を打つ。

「冠材奈央子、ドライバーショットはフェアウェイ中央。完璧！　文句なしです」解説が言った。ボールがフェアウェイの真ん中に堂々と着地し、転がっていく映像が流れる。

画面が切り替わり、今度は別の選手がパターを打つ。

「柊つむぎ、難しいロングパットを、いま決めた！　これで連続バーディ！」

グリーンのまわりがギャラリーの拍手で沸く。彼女たちが画面の中で戦っている最終日は、ひまりがあの18番ホールで刻んでいれば出場できていたはずの大会だった。あるいは向かい風がなければ？

むしゃくしゃした勢いでサンドイッチを口に放り込む。手元のリモコンで勝手にチャンネルを変えると、同じく喫茶スペースで休憩していた何人かが非難するように見つめてきた。見つめ返すと、ひまりの表情を見た客たちは、すぐに察して目を伏せた。

適当に変えたチャンネルでは、若者の間で流行（はや）っているという「わらび餅ラテ」の特集をやっていた。街中で女子大生らしき二人がインタビューを受けていた。彼女たちの手には、話題のわらび餅ラテのカップが握られている。ストローがバカみたいに大きい。クラブのシャフトくらい太さがありそうだ。

「うちの大学は講義中、飲み物だけは持ち込みオーケーなので、コレ持って行ってます」それはもはや食べ物だろうと思ったが、ひまりが女子大生たちの会話に加わることはない。高校卒業と同時に、その未来を閉ざしたのはひまり自身だ。プロゴルファーとして、日々ゴルフを続けることを決めた。そのはずなのに。

「休憩終わり。練習戻る。ごちそうさま」

カウンターにいる母親に言って、席を立つ。喫茶スペースから出て、フロントに入り、コインを摑（つか）んで（ほかの客がやれば警察沙汰、家族の特権）練習スペースに向かう。

打席にいる数人がこちらに気づき、声をかけてきた。いつもの常連客だった。ひまりがゴルフに興味を持つ前、三十歳や四十歳だった彼らも、十歳ずつ年を取っている。いまでは全員の名前を覚えていた。

「ひまりちゃん、昨日は惜しかったねぇ。18番ホール、見てたよ」

「フクさんもわたしを責める？」

「まさか。プロの世界で緊張せず打てるだけで、おれにはたいしたもんだと思うよ」

黄色のチェックのポロシャツを着た男、福田が練習に戻る。ひまりの不機嫌を察したのだろうか、これ以上話して、地雷を踏みたくないと判断したのかもしれない。

「お父さんは？　今日、フロントにいなかったけど」

代わりに話しかけてきたのはもう一人の常連客。白いキャップをいつもかぶっている男性、岡本。オカさんと、ひまりは呼ぶ。

「熱だして寝込んでる。たぶんストレス」

「ひまりちゃんがいじめるからだ」

「わたしにゴルフをやらせたのが悪い」

あはは！　と高笑いが返ってくる。常連客の三人目、右目の横に大きなほくろがある、最古参の新見（にいみ）。シンさんと呼ぶ。

「ひまりちゃんのお父さんはキャディもやってるけど、それ以上にマネージャーみたいなこともしてるからね。いろいろ気を揉んでるんだろうよ」

「所属先の心配ばかりしてる。スポンサーのためにゴルフをしてるわけじゃないのに」

「大人はいろいろ考えなくちゃいけないんだよ。ひまりちゃんは余計なことは気にしなくていいさ。ということで、おれの代わりにこの残りを打ってくれ」

「ありがとう。もらう」

新見は自分の打席に残っていたカゴのボールをすべて渡してくる。百球以上は残っていた。いつも多めにボールを取って、余った分をくれる。

打席に戻っている間、余計なことは気にしなくていいさ、という言葉が喉の小骨となって残っていた。父の心配も理解はできた。ゴルフを始めたときからいままで、父は、ひまり以上に、ひまりのことを考えている。プロテストに合格した日、ひまりが泣く前に父が号泣した。喜びすぎて階段で転倒し、父は骨折した。

毎年、三月から十一月を通して行われる花形のレギュラーツアー。開催される大会はテレビでも放映され、注目度も高い。レギュラーツアーの舞台に立って初めて、プロとして注目される。すべての女子プロがこの舞台を目指しているといっても過言ではない。

レギュラーツアーに出場資格のない選手は、その年に行われる下部ツアーと呼ばれるトーナメントを勝ち抜くことで、翌年の出場資格を得ることができる。しかし過酷な戦いに勝ち、無事に出場できても、今度はレギュラーツアー内での生き残りの戦いが始まるのだ。

レギュラーツアーに残り続けられるかどうかは、おもに獲得賞金ランキングによって決まる。七月と九月の年に二回、査定が行われ、その時点で五十五位以内に入っていれば、九月以降のツアー後半に参加することができる。前回の大会はツアー前半の最後の大会であり、ひまりはこのカットラインのぎりぎりに立っていた。予選を通過できなかった時点で、ツアー後半の出場資格も失われてしまったのだ。

来年のツアー前半の出場資格をかけて、今年も下部ツアーのトーナメントが行われるが、開催は十一月の下旬で、一か月以上も先だ。ひまりには拷問の長さだった。

プロになればその目的は一つ。勝ち続けること。

そして勝つためには大会に出場しなければならない。勝ち続けなければ、出場すらできない。その大会にも出場費や、開催場所が遠ければ遠征費、その他もろもろ、現実的にお金がかかる。

勝てば賞金を得ることができる。何百万、何千万、ビッグタイトルのメジャーな大会なら億を超える。夢の世界。何を犠牲にしても見たい、頂の景色。しかし勝てなければゼロだ。予選を通過しない限り、基本的には赤字となる。結果が出なければ食べていけない。常に実績を残すことが求められる。その点でいえば、ひまりは二十歳にしてすでに個人事業主だ。そして現在は四か月以上も赤字だった。

長く試合を続けるとなると、個人の費用ではとても負担しきれない。だから男女問わず、どのプロ選手もスポンサーを必要とする。スポーツメーカーが名乗りをあげることもあるし、一般企業やアパレルブランドの名前が出てくることもめずらしくない。選手はメーカー、あるいは企業と契約し、その会社の所属となる。

実績をあげた有名選手は複数の会社がスポンサーになることもある。逆にいえば、いくら契約先を獲得しても、実績を残せない選手はスポンサー契約をどんどん打ち切られていく。そして去年まで三社ついていたひまりのスポンサーは、いまでは一社だけだった。以上、大人の話、おしまい。

「わかっては、いるけどさあ！」

気づけば3ウッドを振っていた。谷を越えられなかったフェアウェイウッド。ボールは下から突き上げるようにぐんぐんと伸び、やがて天井のネットを揺らした。ふわりとボールが上がり、落ちていくような、アマチュアのショットとは明らかに質が違う。あの日、ここで打っていた三浦真人にだって、決して恥じないようなショット。これが打てるのに、どうしてわたしは。

18番ホールの谷越え。黄色チェックの福田はひまりをやさしく応援してくれたが、誰が見ても悪手だった。あそこは刻むべきだった。いま、冷静な頭ではそれがわかった。でも違うのだ、と心のなかで訴える。テレビや遠くで見ているときの感覚は通用しない。実際に、あの場所で戦わないと感じられない空気というものがある。そして空気は、挑めと言っていた。迷ったときはわくわくするほうのショットを選ぶ。わたしは3ウッドでの谷越えにわくわくしていた。

一心不乱に打っているうち、ボールがなくなる。カゴは空になっていた。これが一カゴ目なのか、二カゴ目なのか、もう覚えていない。中原ゴルフ練習場の打席の後ろには一つずつ、テーブルつきのイスが用意されている。付き添いが座るための観客席という表現が近い。テーブルの上にはまだ、貸出コインが残っていた。

コインを手にしようとした瞬間、横に置いていたスマートフォンが鳴った。着信。相手は父だった。応答すると、電話の奥が少し騒がしかった。

「お父さん。いま外にいるの？　家で寝てるんじゃなかったの？」

「ひまり、仕事だぞ」

父は質問を無視して言った。その言葉に飛びついた。仕事。ああ、仕事だ。確かにそう言った。わたしの仕事はただ一つ。

「また大会に出られるのっ⁉　サイカワが応援してくれるって？」

サイカワはひまりのスポンサー企業の名前だ。老舗のスポーツメーカーの一つで、プロ選手としてデビューしたとき、まっさきにスポンサーとして名乗りをあげてくれた企業でもあった。

「明日、千葉の茂木原カントリーに行くから。六時出発だぞ、寝坊するなよ」

「うん！　よくわからないけどわかった！」

そこが次の大会の開催場所だろうか。開催前に現地に入り、練習ラウンドを行うことは通例だ。今回もきっとそうだろう。

ひまりはわくわくしていた。


「さあ、着いたぞ。愛想良くな」

ひまりはがっかりしていた。

クラブハウスに着くなり、出迎えたのは一人の男性だった。スーツを着た丸みを帯びた体格。人当たりのよさそうな笑顔と、その顔におさまる小さなメガネ。サイカワの取締役会長、斎川和俊だった。

ひまりは斎川を見るたびにテディベアを思い浮かべる。クリスマスプレゼントに裕福な娘がもらうような、とびきり大きなテディベア。

斎川の横にはさらに二人の男性が立っていた。こちらの二人には見覚えがなかった。ボストンバッグを抱えて、斎川と同じくスーツで待ち構えていた。それですべてを察した。

「接待……」

「所属先の企業の接待にもプロは呼ばれる。斎川さんにとってもおそらく大事な取引先だろうからな。愛想良くしろよ」

「お父さんひどい！」

「仕事って言ったじゃないか」

「大会の練習ラウンドに行くみたいに匂わせてた！」

「ひまりが谷越えせずに昨日、最終ラウンドに出てれば、今日は休養日として断れたんだけどなぁ」

「やっぱりまだ怒ってるんだ！」

じゃあがんばれ、と父はクラブハウスの二階に上がっていった。ラウンドが終わるまで待っている気だ。のんびりコーヒーでも飲んで、テレビを見てくつろいでいる気だ。

それで気づいた。これはひまりへのお仕置きだ。

父が去ると同時、斎川と取引先の二人が近づいてくる。なるべく笑ってお辞儀する。ちらりと見えた売店コーナーの姿見に、笑顔のひきつる自分の姿が映っていた。

「来てくれてありがとう、ひまりちゃん」斎川が自然な笑顔で言った。

「いえ、斎川会長」

「こちらは株式会社ウィンドテックの橋田(はしだ)さんだ」

斎川が指した男性がお辞儀をしてくる。返す。橋田はあと三日でも食事を抜けば餓死してしまいそうな体型をしていた。心のなかで橋田はミイラというあだ名になった。

「それからこちら、松屋さん」

松屋という男性は反対にふくよかな体型だ。ミイラ橋田の養分を丸ごと吸い取ったような雰囲気だった。会長の斎川も太っているが、松屋の体は、なんというか、種類が違う。斎川はテディベアだが、松屋はハンバーガーという感じだった。ということで、心のなかではハンバーガーと呼ぶことにする。

「プロのショットが目の前で見られるなんて光栄です。実物にお会いすると、とても可愛いですね。お世辞抜きで、顔が小さくてアイドルみたいだ」ミイラが言った。

「ほんとほんと、最近の女子プロは可愛い子が多い。しかもその小さな身長から、あれだけ飛ばせるのが信じられないよ。あとで一緒に写真撮ってもらってもいいかな？　家族に自慢したいんだ」ハンバーガーが言った。

二人とそれぞれ握手をしながら、こちらは笑顔を返す。きっとまた、ひきつっているだろうと思ったが、特に不自然に思われることもなく、二人はひまりの容姿を褒め続けてきた。奇妙な時間だった。

ようやく挨拶が終わり、一度解散。ロッカールームに移動し、着替え終えたあとはクラブハウスを出る。

近くの窓ガラスを鏡代わりに使って、帽子をかぶり身だしなみを整える。顔が小さいと言っていたミイラの言葉がよぎった。顔というより小さいのは頭だ。帽子をかぶったときに不格好にならないのは得だと思う。それ以外で嬉しいと感じたことは特にない。

プレー前に髪を結ぶのは手間なので、一定以上の長さには伸ばさない。お金もかかるのでいつも自分で切る。髪を染めたこともない。元々の地毛が茶色で、高校のころは染めていると勘違いされ、よく怒られた。とにかく、容姿に関するこだわりは、ひまりにとって二の次だ。見た目を褒めるくらいなら、プレーで惚れてほしいと思う。

スタートにはまだ時間があった。開放されているパッティンググリーンではパターの練習が好きにできる。キャディマスター室（受付）に言えば、練習場も使うことができる。今日訪れたこの茂木原カントリークラブではバンカーショットの練習もできたが、ミイラとハンバーガーは一切の練習をせず、そのままクラブハウスで談笑していた。この時点ですでに帰りたかった。

練習をするもしないも基本的には自由だが、日によってショットやパットの感覚はまるで違う。調整はせめてもの礼儀だとひまりは考えていた。

斎川はパッティンググリーンでパターの練習をしていた。カートに積まれた自分のゴルフバッグからパターを取り出し、斎川と一緒にパットの調整をすることにした。

斎川が気づき、手を振ってくる。

「悪いね。大会から日を置いてないのに」

「いえ、とんでもないです。コースを回れるならいつでも呼んでください」

「ラウンドが終わった後、少し時間をもらえるかな？　会社まで来てほしいんだ。私の車で送るよ」

「わかりました。じゃあ、父に伝えないと」

「お父さんには昨日知らせてあるよ。たぶんもう、帰ってるんじゃないかな？」

思わずクラブハウスのほうを見た。いったいどういうつもりなのか。父は何を知っているのだろう？　もしかして、ただのお仕置きではないのか？

やがてスタートの時間になる。見上げると、天気も申し分なかった。大きな雲のかたまりが二つ見えたが、雨を降らせるような色はしていない。青空を彩る、きれいな白だ。

四人でカートに乗り込み、1番ホールのティーイングエリアへ向かう。基本的にカートは自動で動き、そなえつけられたボタンやリモコンを押せば、所定の位置まで何もせずに運んでくれる。

一打目を打つティーイングエリアはたいてい、複数用意されていることが多い。場所ごとにグリーンまでの距離も変わり、一番短いレディースティ、続くレギュラーティ、一番長いバックティが設置されているのが一般的だ。ここでもそのスタンダードな形にのっとっていた。ひまりたちは今回、四人ともレギュラーティを選んだ。あくまでも平等にプレーをするつもりなようだ。

「さ、打順を決めよう」斎川が言った。

ティーイングエリアの横には、ステンレスの筒が設置されている。なかには金属の棒が四本入っていて、先端にはそれぞれ一から四本の線が引かれている。誰が最初に打つかの打順を決められる、くじ引きのようなものだ。四人で引き、ひまりが最初になった。

「よろしくお願いします」

帽子をとり、ひまりはこれからプレーをするコース、それからカートに乗る同伴者にそれぞれお辞儀をする。ジュニアの時代からしみついているマナーだ。

ティペグを芝に刺し、ボールを乗せる。最適な高さも体にしみついている。

ドライバーを構える。そしていつものルーティン。目標とボールを想像の線で結び、クラブでなぞるように引く。

素振りは一回。それ以上でも以下でもない。

アドレスに入り、左肩を指で二回叩く。

ゆるやかにテイクバック。クラブを引き、バックスイングから一気にトップへ。

そしてひねった体を爆発させる。体重移動。ダウンスイングからインパクト。パアアアンッ！　とドライバーのヘッドがボールをはじく。流れで一気にフィニッシュまで。

ぐん、ぐんと、伸びていく。スタートホール、気持ちの良い一打目を終える。カートのほうから、おお、というどよめきと、続いて拍手が起こった。

ミイラ、ハンバーガー、斎川と続く。プロのひまりにはコントロールも飛距離も及ばないが、決して下手というわけではなかった。特にひまりは斎川のゴルフが好きだった。

斎川はドライバーを飛ばすわけでも、リカバリーが上手いわけでもない。アプローチがしっかりとピンに寄るわけでもなく、パターが突出して秀でてもいない。だけど、一緒に回ると妙に気持ちが良い。一言で表現するなら『ひとに迷惑をかけないゴルフ』だ。たとえば、コース外にボールを飛ばすとか、芝生が気の毒になるくらいダフるとか、目も当てられないようなトップボールを打つとか、そういう大きなミスを一つも犯さない。それは簡単なようでいて、誰もができるゴルフではない。

「それでは行きますか」斎川が言って、カートを動かした。

最初は会話もまばらで、ミイラとハンバーガーもそれぞれ距離をとりあぐねていた。斎川が間に入り、ひまりとの会話をつなげる時間が続いた。

面白いもので、体が温まってくれば心もはずみ、口も軽くなる。ミイラとハンバーガーが本性を現し始めたのは4ホール目に差し掛かったときだった。

パー4、355ヤードの平坦（へいたん）なコース。ひまりが二打目を右にそらし、グリーン横のバンカーに入れてしまった。それを見たミイラが、「ひょ」と変な笑い声をあげた。

「松屋さん、このコース勝てるかもですよ！　あの中原プロに！」

「いけちゃうか、おれいけちゃうか！」

ハンバーガーが二打目を打つ。グリーンオンする。斎川が笑顔で拍手をする。拍手の音が、ミイラの歓声にかき消される。続いて斎川、ミイラと二打目を打つ。なんと二人とも2オンに成功。グリーンに乗っていないのはひまりだけだった。

フェアウェイからグリーンまで、四人は歩いて移動した。そのとき、ミイラが話しかけてきた。

「ねえねえ、この前の予選最終日のやつ、どうして谷越えなんかしたの？」

「え？　ああ、あれは……」

「明らかに刻むべきだったよ。初心者の僕でもわかる。あそこで予選通過してれば、結果はもっと違っていたかもしれないのに」

「確かにそうなんですが、でも」

返事する前に、ハンバーガーが割り込んできた。酸っぱい汗の匂いが鼻をついた。

「去年のひまり選手はすごかったじゃないか。みんな、すごい新人が現れたって注目してた。最近はどうしてしまったんだい？」

プロに転向して一年目、出場した大会に三連続で予選通過し、二位、三位、三位、とそれぞれ存在感を発揮する結果を残した。スポンサーが何社も名乗りをあげたし、実際に二社は契約まで結んだ。

ゴルフの雑誌にインタビューや特集が組まれることがあった。取材を受ける暇があるなら練習したかったが、父の説得で引き受けたのを覚えている。

迫力のあるドライバーショット。大胆なショット。若さあふれる試合運び。雑誌やテレビがさまざまな言葉を用いて、ひまりを表現した。なかでも特に多かったのが、『意表をつくプレー』という文言だ。

ひまりは自分がわくわく（ひまりの父の表現では、バクバク）するショットしか打たない。それは他人にとって、しばしば意表をつくものであるようだ。フェアウェイの二打目でドライバーを使うこともめずらしくなかった。林に打ち込んだときは、脱出させるだけではなく、パターを使って低く打ち、グリーンを直接狙った。去年一年間だけでいえば、その戦い方は充分に結果を残していた。一緒に回るプレーヤーはひまりの『意表をつくプレー』とやらに惑わされ、スコアを落とすこともあった。

「最近はスポンサーも何社か離れちゃったんだっけ。ひまりちゃんを応援してくれてるのは斎川さんだけだ。大事にしなね」ハンバーガーが言って、肩を叩いてくる。

「松屋さん、いまなら中原選手に勝てるんじゃないですか？」

ミイラが笑った。歩きながら、持っているクラブで無意味に素振りをしていた。芝生が削れ、土がめくれても気づかず、直しもしなかった。

去年、初出場であるレギュラーツアー、その四つ目の大会で、ひまりは予選落ちを経験した。間髪いれずに出場した五つ目の大会では予選は通過できたが、二十五位止まりだった。そのあとも、上位を獲ったかと思えば、いきなり次の大会で予選落ちをする、そんな日々が続いた。

今年二年目になり、やがて誰かが気がついた。

中原ひまりのゴルフには波がある。

調子の良いときと、悪いときの差が激しい。

これでひまりのゴルフを警戒する選手が少なくなった。今度はひまりが同伴プレーヤーの調子に影響され、スコアを落とすようになった。気にせず自分のゴルフを続けたが、まわりが判断したように、そのゴルフには波があった。放っておいても自滅する。若さあふれる女子プロゴルファー、中原ひまり。

しかし腐ってもプロゴルファーだった。なるほど、いまは調子が悪いかもしれない。わたしは若さを暴走させて自滅するかもしれない。だけど出会ったばかりのアマチュアに負けてやるほど、落ちぶれるつもりはなかった。

自分には誇りがある。同級生が彼氏をつくり、キスしたり服を脱いだりしている間に、練習を重ね、プロテストに合格し、大会で結果を残してきた。わらび餅ラテを飲みながらウィンドウショッピングをしている女子たちを尻目に、クラブを振り続けてきた。その誇りがある。ただひとつ、この「誇りがある」という点においては、きちんとプロゴルファーだった。

ひまりの表情から何かを感じ取ったのか、斎川がそっと近づき、言ってくる。

「取引先だからね。失礼のないよう、丁重にね」

「まかせてください」

バッグからサンドウェッジを引き抜く。

バンカーショット。

ボールがふわりと舞う。

グリーンを転がり、ラインに乗る。

ピンに当たり、それからカップに吸い込まれた。チップインバーディ。あっという間の出来事。ぽかんと口を開ける、三人の男性の反応を、あえて無視する。

ひまりは意表をつくのが得意だった。


結局、前半の9ホールを終えたところでミイラとハンバーガーは帰ってしまった。急な打ち合わせが入ったという。本当かどうかは知らない。どうでもいい。

着替えとシャワーを終えて、ひまりもクラブハウスを出る。携帯を確認するとメッセージが入っていた。父からで、先に帰るという内容だった。置いていかれた？　と不安になりかけたそのとき、スーツ姿に戻った斎川会長が駐車場で待ってくれているのを見つけた。そうだ、会社に行く約束をしていたのだ。父と斎川会長は、最初から示し合わせていたらしい。

白のボルボの助手席に乗り、斎川の運転で車が動き出した。そこで素直に謝ることにした。

「すみませんでした、接待を台無しにしてしまって」

「いいんだよ。あそこの広告代理店は、元々あまり評判のいい取引先じゃなかったんだ。打ち合わせの最中、社員の一人がセクハラにあったなんていう話も聞いていた。きみが懲らしめてくれてよかったよ」

「わたしがあのまま大人しくプレーして、二人に我慢してたら、どうしてたんですか？」

「それはそれできちんとした接待ができたということだから、損はない。どっちに転んでもよかった」

プレー中の斎川会長の言葉を思い出す。『取引先だからね。失礼のないよう、丁重にね』。あれは注意ではなく、こちらを焚きつけるための誘いだったのだと、いまさら気づいた。このひとは無害なようでいて、抜け目がない。

車が高速を降りる。一時間ほどで都内につく。一般道を走り、通りに面した高層ビルの出入り口に、車が潜り込む。

サイカワ本社は二十五階建てビルの三フロアを所有している。元々はゴルフ用品の開発や販売で認知されていったメーカーだが、最近はテニスやバスケ、野球など他のスポーツにも力を入れている。業績が良いのはむしろゴルフ以外の製品だと、ひまりは聞いている。

駐車場からエレベーターに乗り込み、サイカワ本社のフロアへ向かう。途中、スーツの男女が乗り込んできて、居心地が悪くなる。ひまりだけがジーンズにパーカーと、ひどく浮いた格好だった。

スーツ族がほかの階で降りる。エレベーターのなかは再びひまりと斎川だけになった。

ひまりは切り出すことにした。

「あの、どうしてわたしは呼ばれたんでしょう。まさか本当に、契約解消？」

「いやいや、そうじゃないよ。いまはまだ」

いまはまだ？

最後の言葉についてよく話し合いたかったが、斎川はさらに続けた。そしてその先にこそ、答えがあった。

「きみのお父さんから相談を受けていたんだ。自分はキャディの役目を充分に果たせていないと」

「お父さんから？」

「大事な場面で、たとえば一昨日の18番ホールのような場面だね、お父さんは力不足を実感するそうだ。プレーヤーとキャディの関係とはいえ、父と娘に違いはないからね。

良くも悪くも、きみの意思を尊重してしまう」

ただバッグを担ぐだけが、キャディの役割ではない。その仕事は多岐にわたる。適切にコースに流れる風の向きやコンディションを読み、選手が間違ったクラブを選択しないようアドバイスをする。そしてグリーンでは選手と一緒にラインを読む心強い味方となる。技術的なサポートだけではなく、スコアを崩したときは、選手のメンタル面をサポートするなど、精神的な支柱にもならなければいけない。ひまりの父はいままでその役割を担ってくれていた。

「きみはアクセルを踏み、お父さんがブレーキ役になる。それで嚙み合えばよかったが、少々、きみのアクセルが強すぎるようだ」

父は知らない間に斎川に相談していた。単なる契約相手ではなく、父と斎川はプライベートでも親交があることは知っていた。元々プライベートでの付き合いから始まり、だからひまりがプロデビューしたとき、まっさきにスポンサーとして名乗りをあげてくれたのだった。

「そこできみのお父さんの意見や、私の私見も交えながら、きみの新しいパートナーを選んでみた。いま、私の部屋に彼が来ている」

「あ、新しいパートナー？　それってキャディのことですか？」

「はは、当たり前だよ。プライベートでのパートナーを選ぶ権利なんてない」

しかも彼？　彼と言った？　つまり男性だ。

これまで、プロになる前からいままで、バッグを担いでくれた父の代わりに、いきなり見ず知らずの男性がバッグを担ぐというのか。いったいどんな人物なのだ。ひまりの思考がぐるぐるとまわる。自分で言うのもなんだけど、わたしはかなり面倒くさい人間だ。そんなわたしに合わせてくれるキャディなんて、いるのか。

「じ、自信がありません。そんないきなり言われても」

「まあ会うだけ会ってみてよ。完全に決まりというわけじゃない。きみが納得すればという条件がつくし、そしてもちろん、彼が納得しなければこの話は流れる」

フロアを進む。デスクを通り過ぎていく。何人かの社員がひまりに気づき、ぺこり、と頭を下げてくる。笑って返す。たぶん、ひきつっている。社内の柱にポスターが貼ってあった。サイカワのロゴが右下に大きく印字され、サイカワのゴルフウェアを着たひまりが、クラブを振ってフィニッシュを取っている。小さな体でも、クラブに振り回されることなく、しっかりと武器にしている、そんな洗練された印象だ。背景はどこかのゴルフコースのフェアウェイだが、すべて合成だ。この会社の地下スタジオで撮影したのを覚えている。

問題の部屋が目の前に近づいてきていた。あと30ヤードもない。メートルではなくヤードで数えるのが癖だった。斎川は少しも歩みをゆるめてくれない。

「そんなに不安がらなくていいよ。ちゃんと実力のあるひとだ」

「それって、プロのコーチか何かですか?」

「というより、第一線で活躍していた男子プロだ。知ってるだろう? 三浦真人」

「み、」

三浦真人。

そこでとうとう、足が止まった。斎川が気づき、振り返ってくる。いたずらに成功したような笑みを浮かべている。ひまりのあこがれのプロゴルファーが誰であるかを、もちろん斎川も知っていた。

「彼もうちの所属プレーヤーの一人なんだ」

「もちろん知ってますよ! サイカワがスポンサーになってくれるって最初に聞いたとき、一番嬉しかったのは三浦選手が所属していたからです! いつか会えるかもって思ってたけど全然会えなくて、懇親会に行っても全然会えないし、ああやっぱり忙しいのかなとかいろいろ諦めかけて……」

「落ち着いて、ひまりちゃん」

「ああ、どうしよう! 急に会えるなんて聞いてない! しかも私のキャディ!? え、え、え、え? 本人はプレーしないんですか? いまわたし、変じゃないですか?」

「うん。だいぶ変だよ」

近くのデスクに座る女性の社員さんが、こちらを見てくすくすと笑った。扉の先にあこがれのひとがいる。好きな俳優を思い浮かべてほしい。手が届かないと思っていた、ロックバンドのボーカルでもいい。応援しているサッカー選手でも、誰でもいい。それらは個人にとっての生きがいだ。ひまりにとっての生きがいが、目と鼻の先で待ち構えている。

部屋の前にたどりつく。ドアの横には『会長室』とプレートが設置されている。

「彼は二年前の事故で第一線から身を引いている。選手としてフィールドには出られないが、キャディなら不可能じゃない。だから今回、頼んで来てもらってるんだ」

事故の話はひまりも聞いていた。知らないはずがなかった。ひまりがプロテストを受ける直前の出来事だった。ショックと動揺で、受かるはずがないと思っていた。しかし逆にそれが原動力となって、プロテストを乗り切ることができた。

「本当に、このドアの先にいるんですね。ドッキリじゃないですよね」

「三浦真人がいるよ。さっきは冗談で告げたが、今回は本気でお願いさせてもらう。失礼のないよう、丁重にね」

「当たり前ですよ。三浦さんに失礼なんて、するわけがない」

それじゃあ開けるよ、と、斎川が笑顔で言った。思わず深呼吸した。大会初日の1番ホール、ティーイングエリアよりも緊張した。

再会するのは、およそ十年ぶり。自分をゴルフの道にひっぱりこんだプロゴルファー。あの練習場で、ただ一人、目の覚めるようなショットを打っていた彼。期待してしまう。わたしのこと、覚えているだろうか。わたしは覚えている。自分に向けた、あのからかう笑顔を、忘れていない。たった数分程度の交流の記憶は、ずっと体を流れている。

斎川がドアをノックした。

はい、と男性の声が返ってくる。

三浦真人は一人用ソファに腰かけていた。長い足を投げ出し、目の前のガラステーブルに乗せていた。テーブルには、見たことのないお酒のロゴが入った、ポケットサイズの瓶が置かれている。

「やあ、おまたせ」斎川が言った。

「早いね。飲み終える前に来た。だらしないところを見せてしまった」三浦が足を床に下ろし、残っていた酒瓶を一気にあおる。中身が一瞬でからになる。ひまりに見えないように、テーブルの下に瓶を隠す。

そこでようやく、三浦と顔を合わせる。言葉を失った。初めて出会ったときのことを伝えようとしていたのに、そのすべての言葉が吹き飛んでいた。

すらっとした体型や、顔の形、目の細さは変わっていない。だけどそれ以外のすべてが変わっていた。

伸びた髪の毛先があちこちで跳ねている。スポーツ選手が持つ、さっぱりとした印象はそこにはない。十年ぶりに会う人物の髪型など変わっていて当然だが、少なくとも、管理が行き届いている雰囲気は感じられない。朝起きて、彼はそのままここに来た。アゴには不精鬚（ひげ）が生えている。目の下にはクマができていた。練習続きで眠れていないわけではないことは、ひまりにもわかった。わずかに見える手のひらは、きれいすぎるほどにきれいだ。普段から練習しているゴルファーの手ではない。着ているワイシャツやジャケットは清潔な印象を持ったが、よく見ればシワだらけだった。

「で、おれを呼び出した目的は？　この子と何か関係があるの？」三浦が言った。頭のなかで反復していた、かつての記憶のなかの声より、それはずっと重々しく、くたびれた声だった。

「中原ひまり。うちの所属の女子プロだよ」斎川が答えながら、彼の場所である、会長席につく。背もたれも、肘掛も、やわらかい革で包まれた椅子だった。

「知ってるような気もするし、知らないような気もする」

「さっきまで接待ゴルフをしてたんだ」

「ふうん。相手は誰？」

その質問はひまりに向けられた。十年ぶりに再会した（向こうは覚えていないが）最初の会話としては、あまりにも無味乾燥だった。過去に何度も想定した、どのシチュエーションにもこの光景はなかった。それでも失礼のないように、あくまでも丁重に対応した。ショックを受けるのはあとまわしだ。

取引先の会社の名前と、なんとか思い出した二人の名前を答える。

「ああ、あの二人か。厄介だったろ。ラウンドの途中で急に饒舌になるんだよな。しかもナチュラルにこっちを見下す発言をしてくる」

「会ったことのないタイプでは、ありました」

「御苦労さん」

斎川が座るようにひまりに目配せをする。三浦の横に空いている、一人掛けのソファに腰かける。三浦は再び足を持ち上げ、ガラステーブルに乱暴に乗せる。小さなヒビが入ったのを見逃さなかった。三浦真人とは同じメーカーのソファに座っているはずなのに、まるで別物の素材でできているみたいに、ひまりには感じられた。たんなる体格差だけの問題だけではなく、三浦の座っているソファのほうが小さく見えた。

「さっそくだけど本題だ。中原ひまり選手はいま、調子にブレーキがかかってしまっている。だから三浦くん、きみの力を貸してもらいたい。きみたちはコンビを組んで優勝を目指す。きみたちならいいプレーヤーとキャディになれると私は踏んでいて……」

斎川が話し始めると、早々に三浦がさえぎる。

「ちょっと待て斎川さん。おれにキャディをやれってことか？　冗談じゃない。あんたの頼みでも、ガキの子守はごめんだよ」

「理由は？」斎川が訊く。あくまでも冷静な態度だった。

「時間の無駄だからだ。言っておくが、おれは親切心で答えてる。中途半端な気持ちで引き受けたりはしない」

「そうでなくては。だからきみを選んだんだ」

「おれの話を聞いてくれって」

「きみは確か、前にも女子プロを指導していたじゃないか。黄金世代の一人、木月深令はきみが育てたと聞いてる」

「昔話だ。向こうもおれのことなんかとっくに忘れてるよ」

正直に言えば、ひまりは十年前の記憶のなかで輝いていた三浦真人と、現在の彼の姿のすり合わせをするのに忙しく、話を聞いている余裕はなかった。体がふわふわと浮いている感覚に襲われ、まともに思考できなかった。これが三浦真人？　わたしが今日までずっとあこがれていた人？　信じられない。何かの冗談だ。たとえるなら、何打打ってもバンカーから脱出できず、永遠にクラブを振り続けているような気分。悪夢である。もしも夢なら早く覚めてほしい。

意識を現実に戻したのは、斎川のこんな言葉を聞いたときだった。

「次の大会で中原ひまり選手が優勝しなければ、我々はスポンサー契約を打ち切る予定だ。どの世界でも、人気や注目は重要だからね。注目されない選手がいくら我々のメーカーのウェアを着ていようが、宣伝にはならない」

「それとおれにどんな関係がある？」

「中原ひまり選手のスポンサー契約を打ち切ったことがわかれば、まわりの部署も黙っていない。ここぞとばかりにゴルフ事業の縮小を提案し、自分たちの部署に予算をまわそうと画策してくるはずだ。そして私も、それに応じるだろう」

「なるほど、言いたいことがわかった。おれのスポンサー契約も打ち切りになるわけだ」

「否定も肯定もしない」

「あんたは政治家のほうが向いてそうだよ、斎川さん」

斎川は温厚な笑顔を張り付けたままだ。相変わらず真意は読めない。だけど間違いなく、部屋のなかの空気が変わっていた。不意打ちもいいところだった。想像と違っていた三浦真人と、そしてスポンサー契約の打ち切り警告。

三浦がテーブルから足を下ろす。天井を向き、考えるそぶりを見せる。ひまりはテーブルの端にできた小さなヒビが気になって仕方なかった。追い詰められた人間は、現実逃避のために、たいして重要ではないことばかりに目を向ける。

気づけばひまりは立ち上がっていた。自分でも、どうして立ち上がったのかわからなかった。この状況をどうにかしたかったのかもしれない。何かしなければと、あがいた結果だったのかもしれない。それで、ここからどうしよう。ああそうだ。最初にしようとしたことがあった。三浦真人に伝えることがあった。

「わ、わたしは、三浦さんにあこがれてゴルフを始めました。うちの父が経営してる練習場に、三浦さんがやってきて、その姿を見たんです」

「悪いけど、覚えてないな」三浦は即答した。ひまりがどうしてこのタイミングでそんなことを打ち明けたのか、わからない様子だった。

　感謝を伝えよう。スポンサー契約が打ち切られ、ゴルフができなくなり、もうこれっきり会えないのなら。せめて感謝だけは伝えよう。

「ぜんぜんボールが飛ばなかったわたしは、三浦さんにバカにされて、最初はいつか見返すためにと始めたんです。でもどんどん楽しくなって、気づいたら、虜になってました。三浦さんのおかげで、ゴルフに出会えたんです」

　ひまりは続けた。

「テレビに映るあなたのプレーが本当にかっこよくて、あなたを真似したこともありました。プレーの考え方だって、いまも参考にしてます」

「だからきみは結果を残せていない」

「え?」と、ひまりが固まる。三浦から返事があると思っていなかった。

「おれを参考にしたのは間違いだったな」

「ち、違う。違います」

「違わない。真似なんてするから、こんな目に遭ってるんだろう。ひとによっちゃ、迫力のあるプレー、なんて一時期は持ち上げられてたよ。おれも思い上がってた。そのおかげで肘を壊した。最後には事故を起こして、ぜんぶパアだ」

「でも、わたしは本当にかっこいいと……」

「笑える。昔のおれに会ったら唾を吐きかけてやりたいね。無知もいいところだ」

そんなこと、言わないでほしかった。

自分への悪口なら許せる。まだ我慢ができる。調子に波があるとか、安定していないとか、後先考えない子供とか、若さあふれるどうたらこうたらとか、いくらでも言わせておけばよかった。だけど、三浦真人への批判だけは許せなかった。それがたとえ、彼自身であったとしてもだ。

ずっと彼を目指してゴルフを続けてきた。彼のようになりたいとクラブを振った。彼のようなゴルフがしたいとプロになった。三浦真人を否定することは、ひまり自身を否定することと同じだった。よりにもよって、三浦真人自身がそれをやっている。

「やめてください。そんなこと、言わないでください」

ひまりは願った。三浦はやめなかった。足をまたテーブルに戻す。テーブルの端のヒビがさらに大きくなる。

「純粋に、ぶんぶんクラブを振り回して、自分の身に不幸なんて起きるわけないと思ってるあの顔に、拳を叩きこんでやりたい」

「やめて」

「おれにあこがれてゴルフを始めてくれたのは嬉しい。でも正直ね、その選択は愚かだったとおれは思うよ。いっときの気の迷いに振り回されたんだ」

「やめて」

「きみはまだ若いだろ？　いまからでも遅くない。まわりの女子みたいに、大学に通ってキャンパスライフでも謳歌すればいいじゃないか。それで安定した企業に就……」

限界だった。

爆発した。

「やめろって、言ってるだろおおおおお！」

三浦の足を摑み、そのまま力任せに振り上げた。「ぬおおおっ！」と野太い悲鳴とともに、バランスを崩した三浦がソファからひっくり返った。ちらりと斎川の顔が見えた。これにはさすがにあっけにとられたようで、ぽかんと口を開けていた。

「わたしの前で、三浦真人を否定するな！」

叫び、そう言い残し、気づけば駆けていた。

部屋を後にし、乱暴にドアを閉める。

言いたいことは伝えた。後悔はなかった。

◆

おれの人生はどこでおかしくなったのだろう、と三浦真人は考える。

大観衆のなか、ティーイングエリアで目の覚めるドライバーショットを放ち、ギャラリーを沸かせる自分はもういない。優勝決定の、最後のウィニングパットを決め、グリーン上で拳をかかげる自分はもういない。いまこの場にいるのは、二十歳の小娘に軽々と足を持ち上げられ、そのまま無様に床にひっくり返された自分だけだ。

「だ、大丈夫かい？」

斎川が手を差し伸べる。その手を摑まず、自力で起き上がる。あまりにも予想していなかった転倒で、おかげで酔いがさめてしまった。

「なんなんですか、あのガキは」

「面白い子だろう？」

「きっと、無茶苦茶なゴルフをするに決まってる」

「きみに似てね」

「はあ？」

「ひまりちゃんはきみにあこがれてゴルフを始めた」

　斎川は続ける。

「挫折するものは多い。期待し、手塩にかけて育てた子たちの心が折れるのを何度も見た。けどあの子は本当にプロゴルファーになった。純粋にゴルフが好きなのと、きみに会いたいという一心で、ここまで駆け上がってきたんだ」

「……そんなの、知りませんよ」

　今度は同情を買う作戦だろうか。そうはいかない。斎川がいくつもの表情を使い分けることは知っていた。一見無害に見えるこの男は、油断ならない。

「いまのきみを見てがっかりしたかもしれないね」

「だから知りませんって」

　中原ひまり。

　聞いたことのない選手だった。特にここ一年や二年でプロデビューした選手とくれば、なおさらだ。二年前なら、ちょうどゴルフから離れたばかりの年。テレビをつけて、日曜の午後に大会の中継が映ろうものなら、すぐさま消していた。

　練習場で会ったと中原ひまりは言っていた。やはり覚えがない。あの口調からしておそらく嘘(うそ)ではないのだろうが、思い出せるかどうかは別問題だ。人生で通った練習場の数を数えるくらいなら、いままで飲んできたコーヒーの数を数えるほうがまだ早い。

酒が飲みたかった。持ってきた酒瓶はとっくに空になっている。床に転がった瓶を回収し、立ち去ろうとすると、斎川が言ってきた。

「もうどのくらいコースに出ていない？」

わかりません、と三浦は答える。本当に、笑えるくらい覚えていない。だからドアを閉める寸前、こう言い残した。

「きっとスパイクシューズに、カビが生えるくらい」

こんな風貌でも、いまだに正体に気づくひとがたまにいる。選手として第一線で戦っていたときには、ゴルフのゴの字も知らない女子高生に話しかけられることさえあった。だから電車は使えない。三浦はタクシーを呼んで自宅まで戻った。

自宅はタワーマンションの二十七階にある。ローンなしの一括購入だった。地下にはジムとプール、それから小さなゴルフレンジが三打席ある。住み始めたころに何度か使って以来一度も通っていない。無駄に維持費を払わされている。

「おかえりなさい、真人さん」

マンションに入ろうとしたところで、通りを挟んだ向かいの店から、薄紫色の着物を着た女性が顔をのぞかせた。定期的に通う（というより毎日通う）個人経営の居酒屋の店主だった。

　車が来ないことを確かめて、通りを横断する。そのまま吸い込まれるように店に入る。店内にはまだ誰もいなかった。安心する。三浦はいつもひとのいない時間を選ぶ。

「サキさん、ただいま」

「どうだった？　新しい仕事の話は」

　店主の名前は飯川（いいかわ）サキ。年齢は誰も知らない。二十代だと答えるものもいるし、三十代、いや四十代だと、真面目に当てようとするつまらない男もいる。飯川の年齢を正確に当てられたものに賞金が充てられる賭けが行われていることも知っていた。当てられまいとする飯川との駆け引きを楽しみに来る客もいる。三浦にその趣味はなかった。

「ガキの子守の話だった」

「子守？　ベビーシッター的な？」

　カウンターの席につくなり、飯川がおちょこ一杯分の日本酒をだしてくる。三浦があおる。飯川はキッチンに立ち、酒のつまみの用意を始める。

　つまみが来るのを待っている間、一から説明することにした。キャディの話。中原ひまりの話。ただし彼女に足を摑まれ、ソファからひっくり返されたことは明かさなかった。しばらく笑われ、からかうネタにされるに決まっていた。

「中原ひまりって、去年すごかった子よね」

「なに、あいつってそんなに有名なの？」

「素人のわたしでもテレビで見るくらいだったよ。期待の新人だ、って騒がれてたし。ゴルフコースのプレーを映した映像も、面白かった」

「ふうん」

「なんとなく、次にどんなことをするのか気になって、ついつい目で追っちゃうようなひとっているでしょ？　あの子はきっとそういうタイプ」

「バットマンのジョーカーみたいな？」

「だから真人さんは女にモテないのよ」

ため息をつかれ、比喩を一蹴される。何も言わなくとも酒の肴（さかな）がやってくる。キュウリの漬物。つまんで、ぽりぽり、と口のなかで気持ちのいい音を鳴らしていると、枝豆と冷奴（ひややっこ）を追加しながら、飯川が言ってきた。

「やってあげればいいじゃない」

「なんで。やだよ」

「あなたにあこがれてゴルフを始めた子なんでしょう？　個人的に、あなたとひまり選手が一緒にいる光景というのも、なんだか面白そうだし」

「見世物になるのはごめんだよ」

「斎川さんにはお世話になってるんでしょ？」

「そりゃあ、そうだけどさ」

ゴルフを続けられなくなってからも、斎川はスポンサー契約を継続してくれた。三浦がいまこうして食べていけているのは、これまでの大会で稼いできた賞金のほかにも、サイカワからオファーのあったCM出演などによるものが多い。

その斎川が今日、初めて契約の解消についての話題を出してきた。厳密に言えば三浦の酒に依存する態度を改めさせようと、これまでにも何度か、解消の話題をちらつかせてきたことはあった（斎川得意の、暗にしめす笑顔で）。だけど口にしたのは今日が初めてだった。はっきりと、言葉にだした。斎川は本気だった。

「無駄に広いタワマンの部屋で一人ボーっとしてるよりは、よっぽど有意義だと思うけどね」飯川が言った。

「だって……」

おれの人生はどこでおかしくなったのだろう、と三浦真人は考える。

十九歳、二十歳、と出場したアマチュア選手権では連続で優勝し、やがてプロに混ざって大会に出場できるようにもなった。自分の力が通用するとわかって、二十一歳のときにプロ転向を決めた。それまでの戦績が実力の証明となり、プロテストは免除された。めずらしいことではない。

転向してすぐ、一勝目、続けて二勝目をあげた。勢いはとまらなかった。いくつものスポンサーがついた。CM出演やテレビ番組のオファーもあった。

海外のツアータイトルにも挑戦した。優勝こそ果たせなかったが、その存在は世界のゴルファーやゴルフファンに知れ渡った。ゴルフに興味のないひとですら、自分の名前をテレビで見るようになった。

迫力のある、ダイナミックなプレー。大胆な戦略でコースを攻略し、常にギャラリーの期待を超える。三浦自身は普通のゴルフをしているつもりだったが、まわりにそう評されて、いつしかそれに応えるようになった。

肘に違和感を覚えたのは二十四歳のとき。最初は軽い炎症だったが、続けて大会に出場したことで、完治が想像以上に長引いた。出場の数をいくらか抑えて、ようやく治癒したかと思えば、何か月もしないうちに、また同じ右肘に炎症が起こった。

治癒と再発を繰り返すうち、やがていつまでたっても痛みが消えなくなった。もちろん、スイングにも支障が出るようになった。テーピングをせずに試合に出場した日はなかった。二十五歳になっていた。

あるとき、試合前日の夜、ふとした気まぐれでホテルの冷蔵庫にある酒を飲んだ。チューハイ二本。たったそれだけ。アルコールのおかげか、もしくは何か、精神的な暗示がかかったのか、肘の痛みが嘘のように消えた。

翌日のプレーでも肘の痛みを感じることはなかった。それから三浦は、試合の前日の夜、必ず酒を飲むようになった。試合前の、自分にとっての儀式になった。
がら、と戸の開く音がして、会社帰りの何人かが店に入ってきた。時計を見ると、午後六時になっていた。会計を済ませて、入れ替わるように店を出る。

部屋に戻るなり、キッチン近くのバーカウンターから適当にワインとグラスを掴む。店も顔負けのこのカウンターは、CM出演のギャラや残った貯金で設置したものだ。六十五インチのテレビをつける。部屋の四隅にはスピーカーも設置している。引っ越してきたとき、大会の賞金で一緒に買いそろえたもの。

神様は自分をいじめるのが好きなようで、映ったチャンネルでは、スポーツ選手の活躍を特集するニュースが流れていた。ちょうどゴルフのトピックにさしかかり、ある男子プロが海外ツアーで初優勝したことを知らせていた。さすが六十五インチ、さすが高音質スピーカー、大迫力でプライドをずたずたにしてくる。

「お前もいまに肘が痛みだすぞ。いや、膝のどこかかもしれない。そしてアルコールの魔力にとりつかれる」笑って、負け惜しみに、そうつぶやいた。

あえてテレビは消さなかった。チャンネルも変えない。今日は自分をいじめたい気分だった。ソファの横には、パターマットが敷かれている。端にはボール三球と、パターが一本。どちらも埃(ほこり)をかぶっている。おれはどうしてこれを片づけないのだろう。

ワインの入ったグラスに口をつけかけて、やめる。ある声が頭に響いた。

『わたしの前で、三浦真人を否定するな！』

あの子がこの部屋を見たら何を思うだろう。広さだけが無駄にある1LDK。床のフローリングも、壁紙も、値段を気にせず好みの素材を選んだ。内装だけはきれいに整い、その実、よく見ればからっぽの部屋。過去の栄光の、残骸と香りがたちこめる部屋。

ニュースが話題を変えて、拷問が終わる。チャンネルを変えた。何かの映画がやっていた。洋画で、夜のハイウェイを赤いスポーツカーが走っていた。等間隔で並ぶ明かりが、過ぎ去っていく。強制的に、ある記憶が引き起こされる。

大会前日の夜、いつものように宿泊先のホテルで酒を飲もうとした。しかしその日に限って酒を持ってくるのを忘れていた。冷蔵庫にある備え付けの缶チューハイでは足りない。だから近くのコンビニまで車を走らせた。

そして事故が起きた。自分がよそ見をしていたのか、対向車の不注意だったのか、もう思い出せない。とにかく覚えているのは、夜の道路で運転していた車がひっくり返り、何度も回転し、最後には膝のじん帯をすっぱりと断裂させたことだった。それが我が素晴らしきゴルフ人生の最後の記憶だ。

とっくに完治したはずの左膝が痛みだし、三浦はチャンネルを変える。痛みが消えて、過去からの風をかわしたと思ったら、今度は新しい記憶が流れ込んでくる。

『三浦さんのおかげで、ゴルフに出会えたんです』

「うるせえ」

中原ひまり。

顔を思い出すと、いらいらした。それはただ単に、ソファで足を摑まれ、ひっくり返されたからというだけではない。とにかく印象に残っているのは、あの純粋なまなざし。三浦が自分自身を卑下していると、まるで彼女自身が責められたみたいに、やめて、と懇願してきた顔。気に入らないのはそれだった。中原ひまりを思い出すと、どうしてここまで、心がざわつくのか。

このまま寝てしまおうかと思ったとき、ポケットのなかで携帯が鳴った。着信は斎川からだった。おそらく今日の失態のことだろう。三浦と中原ひまりがコンビを組めないことを、察したのかもしれない。いよいよお払い箱か、と覚悟した。

応答すると、開口一番、斎川はこう告げてきた。

「仕事の話だよ、三浦くん」

◆

「仕事の話があるんだ、ひまりちゃん」

「どうせまた接待でしょう」

「違うよ、練習ラウンドだ」

「えっ！　本当に？」

「もちろん。嘘はつかない」斎川の返事は早かった。しかし接待ではなかった。練習ラウンド。大会前の調整。つまり、大会に出られる。ひまりは思わずベッドから飛び跳ねる。目の前に斎川がいると想像して、すぐに正座した。

「ありがとうございます！」

「明後日の土曜、相模平（さがみひら）カントリー、朝の七時半に。私もひまりちゃんのプレーがまた見たいんだ。いいかな？」

「もちろんですっ」

ひまりはわくわくしていた。


やってきた土曜日。

ひまりはがっかりしていた。

父はゴルフ場の営業で手が離せず、今日は一人で、ゴルフバッグと一式を持って電車とバスを乗り継ぎ、相模平カントリークラブまで来ていた。

クラブハウスにつくなり、「アウトの10番ホールで斎川様がお待ちです」と支配人に伝えられ、あれ？　と思った。大会のエントリー手続きもなければ、ほかの練習ラウンドに来ている女子プロたちの姿もなかった。

なんとなく嫌な予感がしつつ、着替えを済ませ、ゴルフクラブを担いだまま10番ホールのティーイングエリアに向かうと、斎川がいた。テディベアは今日も無害な笑顔を浮かべていた。

「おはようございます、斎川会長」

「おはよう、ひまりちゃん。晴れてよかったね。どうしてそんなところで立ち止まっているの？　さあ、もっとこっちに来なさい」

「笑顔で手まねきするその姿があやしいからです。わたし、昔読んだおとぎ話の主人公になった気分です」

「赤ずきんちゃんとかかな？　ははは、ここは森だしね。さわやかな林間コースだ。さ、このカートにバッグを載せてくれ」

「何を隠してるんですか？」

「何も隠してないよ。正確には、何も隠れてない」

斎川が答えた直後、ティーイングエリアの後ろに建っている休憩小屋から、トイレの水が流れる音が聞こえてきた。トイレから出てきた人物を見て、すべてを察した。

不自然に整った、清潔なゴルファーらしい身なりと、それに似合わない千鳥足、元・あこがれの三浦真人。彼もこちらに気づき、「げっ」と声をあげる。

「斎川さん、わたしを騙(だま)した！」

「騙してないよ、ひまりちゃん」

「練習ラウンドって言ったのに」

「そのとおり。練習するラウンドだよ。嘘は言ってない。きみが練習して、私と三浦くんがそれに同行する」

「詭弁(きべん)ですっ！」

「誰も大会の公式練習ラウンドなんて言ってない」

「か、帰る！」

いくら大好きなラウンドでも、三浦真人がいるならごめんだった。厳密には、「いまの」三浦真人だ。過去にあこがれていたあのひとはもういない。そう、幻になった。そういうことにしていた。この前、足を抱えてソファから投げ飛ばした時点で、自分のなかで三浦真人はすでに存在しない、過去の英雄になったのだ。

カートに載せたゴルフバッグを担ぎ直し、方向転換し帰ろうとしたところで、同じく帰ろうとした三浦真人とぶつかりそうになった。わかりやすく、むっとした顔をされる。こちらも同じ顔を返してやる。

整っているのは身なりだけかと思っていたが、鬚もしっかりと剃られていた。足元もちゃんとゴルフコース用のスパイクシューズを履いている。きれいに磨かれていて、前日に手入れしたのだとわかった。

「おい斎川さん、こいつに会うなんておれは聞かされてないぞ」三浦が言った。

「仕事の話と言ったじゃないか」

「新しいスポンサー先とか、そういうのを紹介してもらえると思ったんだよ」

「大事なパートナーを紹介すると言ったからね」

「詭弁だ！」

「誰も新規のスポンサー先なんて一言も言っていない」

　ううう、と歯をむき出しにして威嚇する。大の大人が子供っぽいと思った。しかしいまさっき、自分も同じリアクションをしていたところだった。斎川はひまりと三浦、二人ともを騙してこの10番ホールに連れてきていたのだ。

　とにかく、「いまの」三浦真人とはいたくなかった。放っておけばまた、どんなトラブルを起こしてしまうかわからない。制御できる自信がなかった。この前だって、帰って報告するなり、父親を失望させてしまった。記憶がよぎる。

「あこがれの相手をどうして投げ飛ばすんだお前は……」

「だって！　あんな、変わり果ててるなんて思わなかった！」

必死に弁解したが父は呆れたように首を横に振るだけだった。ひとの期待を裏切った罪悪感だけが残ったのを覚えている。

斎川さんがしゃべりだし、意識が現実に戻る。

「きみたちならいいコンビになれると思うんだけどね。パズルのピースが嚙み合うみたいに、ぴったりの選手とキャディに。落ちぶれた者同士、息も合うはずだ」

「わたしは落ちぶれてません！」

「おれは休業しているだけだ！」

「ほら、息があった」

斎川が笑う。さらに続ける。

「無理にとは言わない。でも、これは私から与えてやれる、きみたちの現状を打開する唯一のチャンスだ。たとえばハーフの９ホールだけ一緒に回って、それから判断を下すのも遅くはないはずだ」

どうかな？　と斎川がひまりと三浦を交互に見やって、顔色をうかがってくる。

付き合ってられない、と三浦が先に動いて、ティーイングエリアを離れようとする。

「だいたいこいつ、おれにあこがれてたんでしょ。そんなんで冷静にプレーなんてできるんですか？　横でだらけた顔して歩かれるのなんてごめんだ。ふ抜けて、ドライバーすらろくに飛ばないかもしれない」

これでひまりはキレた。我慢の限界を超えた。

ただし今度は彼の足を持ち上げたりはしなかった。

バッグを置き、ドライバーを引き抜く。ティペグとボール、グローブを素早く取り出し、ティーイングエリアへ向かう。

怒りをこめてティペグを刺し、ボールを乗せる。素振りはしなかった。目標を定め、左肩を指で二回叩く、いつものルーティンも行わなかった。

勢いでそのままアドレスに入る。見てろ、この。

ヘッドの重さを感じながら、ゆるやかにテイクバック。

バックスイングで一気にトップへ。それからダウンスイング、振り下ろす。

爆発のインパクト。ボールがフェースのスイートスポットに当たる、確かな手ごたえ。弾き飛ばす。

そしてフィニッシュ。ぐん、と下から突き上げられ、ボールが空高く舞う。

これまでに数えきれないほどドライバーショットを打ってきた。しかし今日ほどきれいに、ストレートの球を打てたことはあっただろうか。気持ちよかった。怒りのままにスイングするのも、たまにはいいかもしれない。

ボールがフェアウェイど真ん中、２６０ヤード付近に着地する。斎川が小さく拍手をする。振り返り、ティーイングエリアから三浦を見下ろし、言い放つ。

「悪いですけど、３００ヤード以上飛ばせる男性にしか、興味ないので」

十年前の意趣返しのつもりだった。幼いひまりに三浦真人はこう言ってきた。『悪いけど、２５０ヤード以上飛ばせる女子プロじゃないと、名前は覚えられない』。覚えているなどと期待はしていなかった、それでもよかった。

カートには載せず、そのままバッグを担いで、フェアウェイに歩きだす。少して、後ろをついてくる二人の足音が聞こえてきた。

勝手についてくればいい。どのみちわたしには、もう残された道は少ない。いまはただ、ボールを打つだけ。

空が徐々に曇り始めていた。青空はまだ見えるが、太陽が隠れている。雲はすぐに流れてこのまま晴れそうにも見えるし、逆にどんどん厚みをまして、よどんでいき、雨が降り出しそうにも見える。どちらに転んでもおかしくない天気だと思った。

歩きながらひまりは、何かが動き始める気配を感じていた。

◆

ボールがラインに乗り、カップに吸い寄せられる。コン、と小気味のいい金属音が響き渡り、木々に反響して返ってくる。

ひまりが3ホール連続でバーディを獲ったところで、三浦のもとに斎川が寄り、話しかけてきた。

「どうだい？　ひまりちゃんは」

「……こんな平坦で距離も短い林間コースでバーディなんて、獲れて当たり前でしょう。仮にもあいつだってプロゴルファーだ」

「さっきのスタートホールの一打目、すごかったね。目の覚めるドライバーだった」

「ただのまぐれですよ」

「球筋もきみのプレーを見ているようだった」

「冗談言わないでください。おれのはあんなに貧弱じゃない」

二人の会話はひまりには聞こえていない。バッグを担ぎ、とっくに次のコースへと歩いて移動していた。三浦と斎川もついていく。本当はあのスタートホールで帰ってもよかったが、逃げられたと彼女に思われるのは癪だった。

「似ているのは何も、球筋だけじゃないけどね」斎川が言った。

短いパー3、175ヤードのコース。ひまりは4番アイアンを選んでいた。

グリーンに向かってまっすぐ立ち、ボールとピンを結ぶように、アイアンをゆっくり下ろしていく。それから素振りを一回。アドレスに入り、左肩を二回、指で叩く。左肩先行でテイクバックし、右腕はなるべく力を抜く。スイングの基本だ。それを意識するためのルーティン。三浦はひまりが行うルーティンの行為、一つひとつの意図を正確に理解していた。なぜならそれは――

「ふざけてるのか？」

「え？」

「何かの当てつけか、それは」

アドレスを邪魔されたせいだろう、露骨に不機嫌そうな顔をしながら、ひまりが返事をしてくる。

「別に何もしてません。いつもどおりのゴルフをしてるだけです。邪魔しないでください。ゴルファーがアドレスに入ったら静かにするのは、常識でしょう」

嫌がらせというわけではないらしい。どうやら本当に、普段からそのルーティンを使っているようだった。体にとっくに染みついて、自分のものにしてしまっている。

パアアンッ！　と、はじけるインパクトの音。ボールがまっすぐ飛ぶ。ひまりの性格をそのまま表しているように。かと思えば、少しスライスし始める。若干ドロー寄りに打ったらしい。こいつのボールはよくわからない。

ボールが着地し、グリーンに乗る。ピン横2メートルの位置。中原ひまりは沈めるだろう。本人の性格はともかく、実力を疑う余地はなかった。今日だけの調子でいえば、本当に自分は必要なのかと思えてくる。もちろん、ギャラリーも、ライバルとなる同伴選手もいない練習ラウンドと本番とでは、結果や質は大きく変わってくるが。

「ひまりちゃんを本当に知らなかったんだねぇ」

移動中、斎川が言ってくる。目の前では、ひまりが2メートルの甘いパットを外していた。へたくそ。

「彼女のルーティンは、きみとまったく同じだ。それも当然、なにせきみがあこがれの選手だったんだから」

「あこがれているというだけで、普通、そっくりそのまま自分のスイングに取り入れるやつなんていませんよ」

「だから面白いんだ、ひまりちゃんは」

もちろんスイングの細部は違う。学生時代からの経験と積み重ねによって、ひまりのスイングは独自のものとして洗練されている。ただし、アドレスに入るまでのルーティンは、そのまま三浦の生き写しだった。

三浦と斎川は、ゆっくりひまりのあとをついていく。後半は三浦たちのことやそこにまつわる因縁のことなど忘れ、純粋にゴルフを楽しみ、ラウンドする一人の女子が目の前にいた。気持ちのいいショットを打てば、わかりやすく笑顔になる。ミスをすれば悔しがる。しかしそのミスさえも、楽しみに変えていた。

ゴルフとは本来、ミスをするスポーツだ。ショットの行方は、メンタルや風の状況、芝のコンディション、その他、数えきれない状況に左右される。狙い通りに上手く打てることのほうがめずらしい。プロでもアマチュアでも例外はない。

「風がありませんね」三浦が言った。自然と漏れた言葉だった。

「林間コースだからね。木々がさえぎってくれる」斎川が答えた。

斎川の言うとおり、林間コースの地上付近は、木々が風を遮ってくれることが多い。だがそれを抜きにしても、不思議なくらい、無風な状態が続いていた。夢のなかにいるようだった。もしかしたら、本当に夢を見ているのかもしれないと思った。マンションの部屋で酒を浴び、おれはまだソファに寝ころんだままなのかもしれない。アルコールの泥にまみれ、体は動かない。時間はすべて、とまったままなのかもしれない。

パアアアンッ！　とこの日一番のインパクトの音で我に返る。ひまりが二打目を打ったところだった。気づけば最終18番ホールに来ていた。ボールがグリーンに乗る。

「中原のスコアは？」三浦が訊いた。

「6アンダーだ。これから向かうグリーンでパットを決めれば、7アンダー」

斎川が即答する。すぐに返事ができなかった。ひとのスコアを聞いて絶句したのは久しぶりだった。6アンダー？　ハーフの9ホールだけで？

「なあに、距離の短い平坦な林間コースだよ。たいしたことはないさ」からかうように、斎川が笑って言った。

中原ひまりを見て、いらいらする理由がやっとわかった。

足を摑まれひっくり返されたことも、喧嘩を売るようにドライバーショットを決められたことも、ルーティンがすべて同じなのも、一要素にすぎない。本質は別にあった。

答えは目の前にあった。

似ているからだ。

あこがれて、三浦を見てゴルフを始め、三浦のゴルフを倣い、三浦のやりたいゴルフを中原ひまりは体現していた。

彼女のショットは、まぶしかった。直視できないくらい純粋な球筋。そしてあの笑顔。それはかつて、三浦が持っていたはずの笑顔だった。ゴルフが好きで、プロである以上に、コースを回るのが楽しくてしょうがなくて、そういう思いが、ぜんぶまとめて表情に出る。目の前にいる中原ひまりは、自分自身だった。

すべて失ったと思っていた。体力は衰え、アドレスに入っても膝に力が入らない。クラブを握る右手は、アルコールで震える。まともにゴルフのできない自分に、価値などもうないと思っていた。

だけどまだ、道があるなら。

ゴルフに関われる、道が残されているなら。

「よし、入れるぞ」

意気揚々と宣言し、ひまりがパターを抜く。ピンとボールの間を往復し、しゃがみこんで芝の目を確認し、ラインを読む。上りのフックライン。距離は5メートルほど。

やがて答えをだし、彼女が立ち上がった。

「決めたっ。ボール三個分、右！」

「いいや、一個分でいい」

口をはさむと、ひまりが振り返ってきた。目が合って、どきりとしたが、ひるまずに応えた。

「普段のお前の調子がどうかは知らない。だけど今日のストロークは良くでている。外したときもたいていはオーバーだ。今日の調子なら、ボール一個分でいい」

てっきりまた、不機嫌そうな顔をしてくると思った。口をだすな、邪魔するな、と怒ってくると思った。しかしひまりの反応は違った。薄く口を開けて、不思議そうにこちらを見つめ、黙ったままだった。

続きを求められているような気がして、三浦はとうとう、答えを出した。

「練習するコースや日付はおれが選ぶ。おれが練習すると言った日はすぐに来い。おれが休むと言った日はちゃんと休め。そのほか、必要になったらおれの雑用をしろ。その条件が飲めるなら、引き受けてもいい」

ちらりと、斎川を見る。案の定、満足そうに笑っていた。すべて思いどおりの結果なのだろう。いいさ、あんたの計画に乗ってやる。ただしどうなろうとおれは知らない。結果は保証しない。やるだけやって、もし失敗しても、責任をぜんぶあんたに押し付けてやる。

　三浦はひまりの返事を待った。ぽかん、とさっきと変わらず口を開けている。やがて答えが返ってきた。

「いや、普通に嫌ですけど……」

「なんでだよ！」思わず吠えた。

「なんかコンビ組むみたいな流れになってますけど、わたしもう、あなたのことは信用していないので」

「組む流れだろうが！」

「あと、このフックはボール三個分ですし」

「一個分だ！」

「何年もクラブ握ってないくせに」

「はは、よしわかった、いいよ。おれを信用できないお前は、そのパットを外すだろう。それでこの話はご破算だ。ぜんぶおしまい。ほら、さっさと打て」

「三個分！」

「一個分だって言ってるだろ！」

まあまあ、と斎川が間に割って入る。睨み合いは続く。視線は外さない。外すものか。ここは譲れない一線だ。

「いいか、ゴルフはただ単に止まっている球を飛ばすだけのスポーツじゃない。ショットは常にメンタルに左右されるし、球筋にはそのひとの性格がでる」

三浦は答える。

「ゴルフとは、自分自身を飛ばすスポーツなんだ」

言い終えた瞬間、ひまりの様子が一変した。怒りや警戒心がどこかに吹き飛び、その瞳が何かの感情で揺れていた。その感情の正体はわからなかった。

「覚えてるんですか?」彼女が訊いてきた。

「なんのことだ」

「出会った日のこと、やっぱり覚えてるんですか? だっていまの言葉……」

ひまりは途中で口をつぐんだ。目をそらし、背を向けてしまう。

三浦は思い出す。そういえば、最初に会ったときも言っていた。練習場で自分を見たと。そのとき、会話をしたと。おれは似たようなことをしゃべっていたのだろうか。思い出せない。そうだったような気もするし、そうでない気もする。

とにかく、そんなことはどうでもよかった。次の瞬間には、意識がひまりのパットに吸い寄せられていたからだ。

コツン、とパターがボールをはじく音。

ラインに乗り、芝や傾斜の抵抗に負けず、ボールはカップに吸い寄せられる。

そして、カップイン。

「ナイスバーディ。ボール一個分、三浦くんの読みどおりだったね」斎川が言った。

ひまりは三浦の決断を信じたのだ。最後の最後に、意地を下げて、三浦のアドバイスに従った。振り返ってくるひまりと、しばらく見つめ合った。会話はなかった。

雲に隠れていた日差しが現れ、カップと、その周辺を照らしていく。雨の気配は完全に去り、青空が広がっている。やがて斎川が口を開いた。

「一か月後、サイカワが十年ぶりに主催するゴルフ大会が開かれる。『サイカワ・レディースオープン』。場所は山梨県の翡翠(ひすい)カントリークラブ。本来、ひまりちゃんに出場資格はないが、主催者推薦の枠を用意してある。そこが戦いの舞台だ」

一か月。調整の期間は短い。

それまでに、万全の状態に仕上げないといけない。今日のスコア自体は立派なものだが、こいつのゴルフには波があると聞く。プロとして戦いの場所に立つなら、調子にいちいち左右されているようでは、まだまだ未熟だ。課題は多い。

「ともあれ、コンビが無事に結成されて何より。きっと良い選手とキャディになれると私は信じている。期待してるよ」

見ると、ひまりの顔もひきしまっているように見えた。よかった。状況は自覚できているようだ。一か月後、そこで結果を求められる。成果を残せなければ、その場で三浦たちは見限られる。最悪の場合、ゴルフ人生もおしまいだ。

戦いが始まろうとしていた。緊張をほぐすためか、あるいはさらにプレッシャーをかけるためか、斎川はいつもの笑顔で言ってきた。

「さあ、あとは優勝するだけだ」

第二章　証明のユーティリティ

「ドライバーがいいですっ」

「いいやアイアンだ！　ここは短く刻め！」

ティーイングエリアで揉め始めて、もう十分以上が経(た)っていた。それまでだいぶ離していた後続の客がもう追いつこうとしている。ひまりが隙をついてバッグからドライバーを引き抜こうとするが、三浦に阻まれ、アイアンを押しつけられそうになる。ヘッドをこちらに向けて、頬にごりごりと押し付けてくる。

埼玉県の天木(あまき)カントリークラブが、三浦の選んだ練習場所だった。朝七時からのラウンドで、いまは後半の14番ホール。見晴らしの良い打ちおろしのパー4。

「ドライバーをぶんぶん振るだけがゴルフじゃないんだよ！」

「打ちおろしなんだからいつもよりも距離出るし、ここはスカっと、のびのび選手に振らせてあげるところでしょうっ？」

「お前の目はちゃんと前についてるんだろうな。確実に260ヤード以上はでる。そこから先はフェアウェイの幅が狭くなるんだよ！　深いラフに吸い込まれて、二打目でピンに寄せるどころか、グリーンに乗せることすら難しくなるのがオチだ」

今日、ラウンドを始めて何度目の衝突だろうか。もはや数えきれない。一打ごとに文句を言われるので、たまったものではない。

カートに乗った後続の客がついに追いついてしまう。穏やかな老夫婦。朝から順番は変わらないので、ひまりたちの言い争いにはすっかり慣れきっている様子だった。悟りの境地を開いたみたいに、のんびりと水筒を出して飲み物を飲んでいる。いつかあんな老後を過ごしたいとひまりは思う。でもいまはドライバーを振るのが先だ。

「こんな気持ちのいい打ちおろしの一打目でアイアンを振るなんて、そんなつまらないこと、できません！　このあとのモチベーションに関わります！」

「暴走気味のモチベーションなら、少しぐらい下げておいたほうがいいんだよ！」

「三浦さんと違ってこっちは若いんですよ！　力がみなぎってるんです」

「もういい。アイアンが嫌ならせめてユーティリティを使え」

「……わかりました、ユーティリティですね、まったく」

これ以上向かい合っているのは不毛だった。諦めてカートに載せられたバッグのもとへ向かう。わかりやすく肩を落とし、ユーティリティウッドを摑もうとする。それらはすべてフリだった。三浦はそれにひっかかった。ドライバーを引き抜き、なるべくヘッドの形が見えないように彼から隠し、素早くティアップを済ませる。

「おいこらお前！」

「はいもうアドレス入りましたーっ！　プレーヤーの邪魔しないでくださーい」

目標に向かってまっすぐに立つ。ヘッドを引き、想像の線を引く。

素振りは一回。アドレスに入り、左肩を二回叩く。

テイクバックはゆったり。それから一気にトップへ。

ヘッドの重さを感じて、振り下ろす。バックスイング。

インパクトでボールを掴む。感触はまずまず。あとは物理法則と長年の習慣に身をゆだね、体が勝手にフィニッシュをつくるのを待つ。

ボールがまっすぐ、空に向かって突き上がっていく。どうだ、と心のなかで叫ぶ。口に出さないかわりに、フィニッシュをとったまま、ボールの行方を追う。本当はいますぐ三浦に向き直ってやりたいところだったが、ゴルファーはフィニッシュの姿勢で語るものだ。その背中にみなぎる自信をまわりが悟る。

「いまに見てろ、その自信満々のフィニッシュが恥ずかしく思えてくるぞ」

ひまりの気分に三浦が水を差してくる。さらに腹立たしかったのは、それが本当に正しいことがわかったからだ。

打ちおろしのコースは、高度の高いところから低いところへ向かってショットを打っていく。平地でのショットに比べると滞空時間が延びるので、自然、距離もいつもより稼ぐことができる。反面、ボールが滞空する時間が長いということは、それだけ風の影響を長く受ける。ひまりの打ったボールも途中で風の影響を受け始めた。しだいに勢いは弱まり、最後は風船が流されるように弱々しく、深いラフへと着地した。

「期待の中原ひまり選手の二打目が楽しみだな」三浦が言った。

「や、やってやりますよ！　ピンになんて簡単に寄せてやります」

「楽しみに見物させてもらおう」

「あ、ちょっと！　なにもうカート動かしてるんですかっ、置いてかないで！」

「走って追いつけ。みなぎってるんだろ、若さが」

カートに乗っている三浦が、上着のポケットから酒瓶を出したのが見えた。怒りがわいて、ドライバーを振り上げながら追いかけた。ちなみにこうして置いていかれたのはこれが初めてではない。

二打目の地点に追いつくころには、息が切れていた。アップダウンの激しい、でこぼことしたコースで、駆け下りたり、駆け上がったりを繰り返したせいだった。この14番ホールに限らず、コース全体がそういう地形だった。いわゆる丘陵コース。

「一か月後に戦う翡翠カントリークラブも、ここに劣らない丘陵コースだ。実際のコースを使っての練習ラウンドは一週間前からしかできない」

息を整えているひまりの横で、カートに乗ったままの三浦が、淡々と説明する。

「だからそれまでは、似たような地形のコースを回って感覚を養っていく。コースは別でも、一回いっかいが本番だと思って臨め」

「え、偉そうに……ふんぞり返って……」

「実際偉いからな」

これがずっとあこがれていた三浦真人なのか。斎川の会長室で見たときもそうだったが、本当に想像の真逆のような男だった。清潔で、凛々（りり）しく、笑ったときには歯並びがよくて、常に余裕があるわたしの三浦真人はどこに行ったのか。

幻滅しつつ、それでもキャディを任せようという気になったのは、ついこの前、斎川も交えた練習ラウンドでのことがきっかけだった。

『ゴルフとは、自分自身を飛ばすスポーツなんだ』

ラウンド中に放った三浦の言葉は、初めて会ったときに聞いたものと、まったく同じ台詞（せりふ）だった。変わりきった（変わり果てたと言ってやってもいいかもしれない）彼のなかに、まだ自分の思い描く三浦真人が残っているような気がしたからだ。

何より、ひまりにはもうあとがない。次の大会で結果を残せなければ、サイカワからスポンサー契約は解除されてしまう。そうなればまともに大会に出場できなくなる。クラブを磨き、ひたすら練習するだけの日々になるだろう。建築現場に向かえない大工のようなものだ。だからこそ、三浦真人に託したのに。

「三浦さんはカートに乗ってただお酒を飲んでるだけですか」

「何が言いたい」

「もっと、こう、実用的なことを教えてくれると思ってました。曲がらないショットの打ち方とか、もっと遠くに飛ばすためのアドレスとか、パターをひっかけないコツとか」

「脳に脂肪でもついてるのか。柔らかいのはお腹まわりだけにしとけ」

「乙女になんてこと言うんだ！」

ため息をついて、三浦がこちらに向き直ってきた。カートから降りて、そのまままっすぐ、見つめてくる。観察すると、かつての面影があるような気がして、少し直視するのが恥ずかしい。思わず目をそらしかけたとき、三浦が口を開いた。

「いまさらスイングを変えてどうこうしようとか、するつもりはない。言いたいことがないわけじゃないが、仮にもお前はプロだ。簡単に口出しはしない」

「スイングは変えないんですか」

「よく、基本のスイングがどうとか、プロのスイングがどうとか、雑誌で紹介しているのを見かけるが、あんなものはまやかしだ。体型や体重、身長、それに骨格も違う人間が、同じスイングをして同じように飛ぶと思うか？」

三浦は続ける。

「百人いれば百通りの打ち方がある。お前のスイングだってこれまでの経験で培われたものだ。そもそも客観的に見て、そこまで悪いスイングじゃない」

不機嫌な口調で褒めてくる。褒めるというよりは、認めている、が正しいかもしれない。とにかく、どう反応していいかわからない。

「それとクラブも変えない。用意された時間も短いし、ショットの感覚が狂うほうが怖いからな。どうしても不調が続くというなら考えるが、お前の不調の原因は別にある」

「とりあえず、二打目打ってもいいですか」

ぴく、と三浦の口元の端が痙攣したのが見えた。さすがに殴られるかなと思った。だが、怒号も説教も飛んでこなかった。気味が悪いほどあっさり引き下がり、ひまりに好きなように打たせてくれた。

結果として、二打目はグリーンを外した。上りのショットの計算と、風、それともちろんラフも影響した結果だった。

「ごちゃごちゃ言うからですよ！」

「何も言ってないだろ」

ひまりの理不尽な追及も、淡々とかわされてしまう。そんな反応をされると、こちらまで冷静になってしまう。

ゴルフとはミスをするスポーツだ。理想のショットを打てるほうが奇跡に近い。それはショットに影響を及ぼす原因が、コースには数えきれないほど存在するからである。ゴルファーは、その影響を一つでも多く、排除する努力をしなければならない。だから三浦は一打目を刻むように促した。ひまりもそれはわかっていた。

「お前の課題は二つだ。一つは理性的なコースマネジメントができないこと。正確に言えば、頭ではわかっていても、欲求が勝ってしまい、素人でもドン引きするようなミスを犯す。ようするに、常に欲求不満なんだ」

「だから乙女だって言ってるでしょう！」

「二つ目は、調子に波があること。今日だって簡単なパットを四回は外してる。コースが違うというのもあるが、初めてラウンドを見たときのお前なら、間違いなく入れられてた。そもそも、プロなら二メートル以内は沈めて当然だ」

「そ、そんなのわたしだって、わかってますよ。でも誰にだって、調子の良い日や悪い日はあるでしょう」

「お前の場合はそれが極端なんだよ。いいか中原、おれたちにはチャンスが一度しかない。一か月後の大会でたまたま調子が悪くて、はいそうですか、って許されると思うな」

言い返せなかった。三浦は正しかった。ひまりはいまの一打目と、そして二打目でそれを証明していた。安全なショットを嫌い、欲求にあらがえず、感情にショットが左右される。子供と言われても仕方がない。

三浦の指摘はひととしても正しかったし、何より、ゴルファーとして正しかった。いまさらながら、そしてあらためて実感する。このひとも、やっぱりプロゴルファーなのだ。

「コースマネジメントを学び直す時間はない。その面倒はおれがみてやる。だからおれの指示には従え」

「従えないときもあります」

ひまりの即答に、三浦が意外そうに口を開ける。こちらが反省し、何もかも受け入れると思ったのかもしれない。実際、反省していたのは本当だ。だけど三浦真人がそうであるように、自分も同じプロゴルファーだった。譲れない誇りもある。

「わたしは、自分にしかできないゴルフがしたい。これが自分だと言えるプレーがしたい。そのためにプロになったんです」

「おれたちは結果を残さないといけない。それができなければ、そもそも大好きなゴルフすらできなくなるんだぞ」

「わかってます」

「いいやわかってない！」

「いきなり怒鳴らないでくださいよ！」

「この欲求不満め！」

「うるさい酒浸り！」

結局、終始、怒鳴りあいのラウンドだった。

優勝はまだ遠い。

◆

三浦が自宅に帰りつくと同時、見計らったように電話がかかってきた。斎川からだった。用件はわかりきっていたので、電話にでるなり、こう答えてやった。

「あのじゃじゃ馬、手がつけられませんよ」

「あはは。やはりきみでも苦労するか」

「中原ひまりの父親を尊敬します。あれのバッグを何年も担いでそばを歩いてたら、心臓がもたない」

「まさにそう言って私に相談してきたよ、彼女の父親は。心臓がもたないと」

バーカウンターに寄り、酒を吟味する。ワインもバーボンも切れていた。ここ二年で、酒の補充を怠ったのは初めてだった。

「でも三浦くん、それほど暗い口調でもないね。いまは翡翠カントリーに近い地形のコースを回ってるんだっけ？　収穫があったのかな？」

「あいつの課題は見えてきました。それだけです」

三浦は冷蔵庫の中の余った缶ビールで我慢することにした。ソファに腰かけ、テレビをつける。ゴルフ専門チャンネルから、録画しておいた番組を二倍速で視聴していく。一か月後の大会に出場しそうな女子プロの選手に目星をつけているところだ。

中原ひまりの二つの課題について説明すると、斎川からこんな返事があった。

「その二つの欠点も実は一要素にすぎないと私は思う。長年、ひまりちゃんを見てきているけど、彼女に足りないところがあるとすれば、『闘争心』だ」

「闘争心？　おれにはむき出しですけど」

「ひまりちゃんには、きみが自分のゴルフを邪魔する敵に見えてるんだろうね」

電話越しに斎川の笑い声が聞こえる。足並みのそろわない、年齢もいくつか離れた男女のごたごたは、はたから見れば滑稽にうつるだろう。

「あの子はゴルフが好きだ。ゴルフをすることが好きだ。逆に言えば、それで満足してしまっている節がある。競技である以上は誰かと比較され、順位がつく。負けたくないという気持ちがないわけじゃないだろう。でもそれ以上に、コースを回れる嬉しさのほうが、勝ってしまうんだろうね」

「負けたくない理由なら、あなたがつくったでしょう。次の大会で結果を出せなければ、あいつは終わりだ。おれもですが」

「負けたくないというより、『負けてはいけない』理由をつくったにすぎない。それではまだ完璧じゃないし、本物じゃない」

完璧ではない。本物ではない。つまり、中原ひまりを目覚めさせるにはまだ材料が不充分であるということ。三浦は考える。

「具体的にはどうすれば?」

「それを見つけるのがキャディだ」

そこまで告げて、電話を切られた。テレビに視線を戻すが、内容は入ってこなかった。中途半端にひとと話をしたせいで、口元が妙にさびしくなった。

もっと誰かと話したい。抱えているものを好き勝手にぶちまけたい。嫌がらず聞いてくれる相手が欲しい。そういうとき、三浦が向かう場所はいつだって一つだ。

「あはは。それで今日も喧嘩別れで帰ってきたんだ」

話すと、店主の飯川も笑った。斎川がしたように、くすくす、と含みのある笑い方だった。恥から逃れるように、視線をそらし、目の前の皿の手羽先にかぶりつく。わかりやすく不機嫌になって見せると、彼女が理由を話した。

「なんかあれに似てるよね。ほら、反抗期の娘をとつぜん持った父親とか」

「おれはまだそんな年じゃないし、あいつもそこまで幼くないよ」

いや、精神年齢だけでいえば正しいかもしれない。反抗期まっただなかの、中学二年生あたり。

「斎川さんがおっしゃるとおり、ひまりちゃんは本当にゴルフが好きなのね。昔のあなたを見てるみたいに」

「早く本人に会わせてやりたいよ。似てるなんて、絶対に言えなくなる」

どのくらい前にさかのぼろうが、三浦にはあそこまで本能的に生きていた覚えはない。ひまりのあこがれは三浦真人だと言っていた。三浦にとってのあこがれはジャック・ニクラウスだが、出会ったその日に足を摑んで床に放り投げようとは思わない。

「ゴルフは生涯スポーツって言われてる。ようはどの年齢になっても、誰でもできるスポーツだ。だけど、バカじゃ勝てない」

「ゴルフに限らずそういうものよ。どの世界も入り口は広い」

会話が途切れたところで、飯川がつまみの料理を運んでくる。塩辛。たたきキュウリとキムチの和(あ)えもの。たけのこの醬油(しょうゆ)漬け。シンプルな焼きアスパラガス。三浦はおまかせで頼むのが習慣だった。そしてそれで後悔したことは一度もなかった。三浦の心を読むみたいに、そのとき、自分の腹が求めているつまみを出してくれる。

「サキさん、アレは？」

「はいはい。いまできるから」

基本のつまみはおまかせだが、それでも必ず一つだけ、注文する料理があった。飯川もちょうど、調理を終えたところだった。器に盛り付け、運んでくる。

金目鯛（きんめだい）の煮付け。五感で楽しめる料理は一品と聞く。三浦にとっての一品が、この金目鯛の煮付けだった。鮮やかな赤に、尻尾の先が皿からはみ出しそうになるほどの、豪快な大きさ。皿を手元に引き寄せると、甘辛いタレの香りが鼻腔（びこう）をくすぐる。箸で身をつまめば、指の先からその弾力が伝わってくる。肉厚で、それでいて煮崩れしない。口に運び、食感を堪能する。染み込んだタレは、甘すぎず辛すぎない、ここだけの味だ。

つまみを楽しんだあとは、おちょこの日本酒をあおる。やはりここでの酒は味が違う。つまみとの相性が良いとか、こだわりのブランドであるとか、そういう要素もあるのだろうけど、誰かと話し、その言葉を聞きながら飲むのが大切なのだと思う。

飯川が口を開き、再びゴルフの話題に戻る。

「ゴルフって面白いよね。まあ、ほかのどのスポーツもそうなんだけど、選手は基本的にプレーに集中しなくちゃいけない。そういう職人のような気質が求められる」

「そのとおりだよ」

「でも一方では、大会はギャラリーを集める立派なショーにもなる。選手はショットで観客を沸かせるエンターテイナーにもなる。ひまりちゃんは職人というより、エンターテイナーなのかもね」

観客を沸かせる選手というのは、確かに存在する。その選手がどんな派手なショットを見せるのか、ミスをしたときには、どんな素晴らしいリカバリーを見せるのか、どうやって長いロングパットを決めるのか、その一挙一動を追わずにはいられない、そういう選手もいる。でもたいていは世界レベルのプレーヤーだ。飯川の意見は的を射ているかもしれないが、ひまりがそのレベルにあるとは思えない。

「エンターテイナーというより、いまのところはただのピエロだ。勝手に踊って、勝手に転んでる」

「そのために必要なのが闘争心、だっけ」

「サキさんはどんなときに闘争心を覚える？」

「近隣店舗に新しい居酒屋ができたとき。もちろんそれでこの街や通りが活気づくのは嬉しいけど、ライバルは蹴散らしてやろうって気持ちになる」

「ライバルか」

「ひまりちゃんにはいないのかな。ほら、同年代の女子プロとか」

「そういう話はきかないな。というか、あいつはひとの顔と名前なんて、ロクに覚えられないタイプだよ」

でも、ライバルか。

そういう相手はいてもいいかもしれない。むしろ必要であるように思えてきた。

もしいまの中原ひまりにライバルがいないなら、こちらがつくってやればいいのではないか。適任の女子プロは、誰かいただろうか。同年代の女子。

そこまで考えて、そもそも自分がキャディとして選ばれた理由を思い出した。斎川と会長室でした会話。三浦は過去に一度、ある女子選手を世話したことがある。実績があったから、白羽の矢がたった。過去に指導した彼女の名前は——

「ごめん、サキさん。用事ができた。電話をかけたい相手がいる」

「うん、いってらっしゃい」

「ありがとう」

「最近の真人くん、なんか、いいよ」

年齢不詳の笑顔に励まされ、三浦は店を出た。

◆

朝の八時半、客もまばらな中原ゴルフ練習場の打席の一つでひまりが打っていると、近づいてくる影があった。三浦だった。最近の彼は身なりが整っている。似合っていない鬚も剃られているし、クマも寝癖もない。酒に酔って千鳥足になっているわけでもない。かつて、テレビで見た彼の面影を、日に日に取り戻しつつある気がした。

こちらが一球を打ち終わるまで、三浦は話しかけるのを待ってくれた。

「そろそろいくぞ、時間だ」

「迎えにきてくれるなんて、めずらしいですね。それに今日は時間も遅い」

「事情がある。それを話すために迎えにきてやったんだ。ほら、早くカゴをしまってバッグを持て」

「まだ三球残ってます」

「じゃあ打て」

「一球、どうですか？」

特に深い意図があったわけではない。ひまりはゴルファーだし、そして三浦もゴルファーだった。だから誘った。それだけ。

クラブを差し出すと、三浦の体が固まった。視線がひまりの握るクラブにそそがれる。何の変哲もない6番アイアン。ふと思う。このひとはもう、どれくらいクラブを振っていないのだろう？

背後の壁に設置された、時計の針の音が聞こえてくる。三浦がクラブを受け取るのを見て、打席を譲った。そのときになって気づく。小学生のとき、初めて三浦真人と出会ったあの日、ひまりが握っていたのも、同じ6番アイアンだ。

三浦はヘッドを動かし、ボールをマットの上に移動させる。それはただの練習ボールで、ここは住宅街の真ん中に建つ、それほど大きくもない普通のゴルフ練習場だ。それなのに、三浦のまわりには独特の緊張感がただよっていた。

三浦がアドレスして、また数秒が経った。まわりの打席からは、客が軽快にショットする音が聞こえてくる。それは意思のこもっていない、工場のベルトコンベアーからでも聞こえてきそうな、淡々とした音だった。

「やめた」

三浦はアドレスをとき、クラブをひまりに返してくる。マットの上のボールは、その場で静止したままだ。

「ひとを待たせてる。遅刻するわけにはいかない。それに女性用のクラブはシャフトが柔らかすぎる。折りかねないからな」

並べ立てる言い訳を、あえてひまりは聞かなかった。結局、残りの三球は近くの客に譲り、練習場をあとにした。

三浦の車に乗り込んだところで、父が見送りに外に出てきた。手を振ってきたので、振り返す。三浦も運転席からお辞儀をする。

車が動きだし、一般道に出たところで、思わず訊いた。

「あの練習場、本当に覚えていませんか?」

「前も言っただろ。都内の練習場なんて数えきれないほど通ってる」

「そう、ですよね」

信号が赤になり、止まる。

ふと窓の外を見ると、歩道で女子があくびをしていた。同じくらいの年齢。大学生かな、とひまりは想像する。女子は思い出したように財布の中身を確認し始める。わらび餅ラテが買えるかどうかを気にしているのかもしれない。ゴルフを知らなければ、ありえたかもしれない未来。でも自分はこの道を進んでいる。


三浦が再び口を開いたのは、目的地につく十分前のことだった。

「今日向かうのは尾塚カントリー。神奈川県内でも有名な丘陵コースだ」

「あ、知ってます。会員制のコースで、すごい高いところですよね。いまからそこに行けるんですか？　わたし、まだ回ったことないです」

「おれが支配人に顔の利くプロゴルファーでよかったな」

会話のない助手席はひまりを何度もうたた寝させたが、尾塚カントリーという言葉を耳にしたとたん、眠気はどこかに吹き飛んでいた。続いて、三浦はさらに目が覚めるようなことを言ってきた。

「今日はほかの女子プロも練習ラウンドに同行する」

「え？　ほかの選手？」

「おれが誘っておいた。お前にもいい刺激になるだろ」

「そんな知り合い、いたんですか」

「前にその子の指導をしていたときがあった。木月深令。お前も聞いたことあるんじゃないのか？」

「ええ、まあ、もちろん」

即座にはぐらかす。覚えがあるかもしれないし、ないかもしれなかった。おそらく何度か同じ大会にも出ているのだろう。木月深令という存在に限らず、ひまりは基本的にひとの顔と名前を覚えるのが苦手だった。いつもはあだ名をつけてやり過ごす。ミイラとハンバーガーは元気だろうか。

「翡翠カントリーの大会にも出場予定だ。お前と同年代で、しかも優勝候補。ここまで言えば、覚える気になるか？」

同年代。優勝候補。

そして何より気になるのは、三浦真人が過去にそのひとを指導していた、という事実。あこがれの選手である三浦に関しては、いつも動向を気にかけていたし、過去の大会成績だってくまなくチェックしていた。だけどそんな話は聞いたこともなかった。

木月深令。いったいどんな子なのだろう。

「ほらついたぞ。降りろ」

気づけば車が止まっていた。駐車場にほかの車はほとんど止まっていなかった。どうやら今日は休業日らしい。つまりひまりたちによる貸切だ。フロントガラスの向こうには立派な造りのクラブハウスがそびえたっている。

ゴルフバッグと着替えの入ったリュックを担いでクラブハウスに入る。支配人らしき男性が待ち構えていた。三浦を見るなり、お辞儀をしてくる。横の三浦も大人の挨拶を返す。倣おうとこちらも腰をかがめて頭を下げるが、リュックがずり落ちてよろけてしまった。

「お約束の木月様がたはインの10番ホールにてお待ちです」

「なら急がなくちゃ。おい中原、相手を待たせるのは失礼だ」

早く準備しろ、と指示される。ゴルフバッグを三浦に預け、更衣室に向かう。手早く着替え、外にでる。三浦はすでにインコースに向かって歩き出していた。せっかくの名門コースだが、クラブハウス内やまわりの設備などを見学する余裕はなかった。問題ない、とひまりは切り替える。ゴルファーはコースがあればいい。

ゴルフバッグを担ぐ三浦に追いつく。どうやら今日はカートを使わないらしい。横に並び立つ。会話をかわさなければ、自分のあこがれの選手がバッグを担ぐ、夢のような光景だった。

「お前のバッグ、くそ重い。絶対余計なもの入れてるだろ。小学校のときとか、夏休み前のランドセルをパンパンにしてたんだろうな、まったく」

夢が壊れた。

何か反論してやろうと考えたが、視線の先にインコースの10番ホール、そのティーイングエリアが見えてきて、意識がすぐさま引っ張られる。

そこにゴルフウェアを着た女子が二人、待ち構えていた。一人は黒髪の天然パーマ、背の低い女子で、バッグからクラブを取り出し、一本ずつタオルで磨いている。キャディだ。そして彼女が話しかける先に、準備運動をして体を動かすもう一人がいる。

遠くから見てもわかるほど、きれいで整った長い黒髪。決して曲がらない鉄柱を入れているみたいに、ぴんと張った背筋。両手を組み、まっすぐ頭の上にあげて伸びをすると、しなやかな腰のラインが強調された。ただスタイルが良いだけではなく、つくべきところに、適切な筋肉が備わっている体だ。アスリートの体。彼女が木月深令。

「お待たせ」三浦が声をかける。

二人が気づき、挨拶をしてくる。キャディの子は柔らかい笑顔を、そして木月深令はきっちりとしたお辞儀を見せる。顔を上げたあとも、表情にはほとんど変化がない。たぶん、年中、感情を見せないひとなのだろうと察した。ちらりと目が合う。長いまつげの奥の、澄んだ瞳に引き寄せられる。どんな嵐のなかでも、凛(りん)と咲き続ける花のイメージがひまりの頭に浮かんだ。

「ご無沙汰してます、三浦さん」凜と咲く花、深令が言った。

「調子はどう？」

「それは体調の話ですか？　ゴルフの話ですか？　それとも何かほかの、もっとプライベートな問題の話ですか？」

「あーはいはい、元気そうだな。相変わらずで何よりだ」

三浦が親し気な笑みを深令に向ける。とっさに見ないフリをしてしまう。そらした目線の先、キャディの子と目が合った。そろそろと近寄り、握手の手を差し出してくる。

「キャディの逗子さくらです。よろしくね、ひまりちゃん」

「あ、はい。というか、わたしの名前知って……」

「そりゃあ知ってるよ〜。一昨年プロ資格取って、その年の下部ツアーでいきなり優勝。翌年からレギュラーツアーに出場して、そこでも大暴れ。ずっと前からチェックしてるんだから。みーちゃんのライバルになりそうな子は、全員覚えてる」

握手した手をぶんぶんと振ってくる。引っ張られて、よろける。見てると眠くなりそうな、垂れた目尻。小さいころに抱いて寝ていた犬のぬいぐるみを思い出す。

さくらの言っていた「みーちゃん」というのは、おそらく深令のことだろう。二人は幼馴染なのかもしれない。ひまりの予想を裏付けるように、三浦が紹介してきた。

「逗子さんは、深令とは学生時代からの付き合いで、数年前からプロキャディとして活動してる。この年でプロキャディとして活動してるのは、けっこうめずらしいんだ」

「わたしとみーちゃんが十九歳のころなので、四年前ですね。三浦さんがちょうど指導に来られてた時期でもありました」

「ああ、そうだった。ちょうどそのときにプロキャディになったのか」

よろしく、と三浦が挨拶する。さくらの頭の上には手をのせなかった。もっと言うなら、深令のことは呼び捨てで、さくらのことは逗子さんと名字で敬称つきだった。

「今日はよろしくお願いいたします」さくらが返事する。

自分と話すときと比べて、さくらの口調もどことなく固い印象を受けた。出会ったのは数分前で、深いところまではわからないが、何か、三浦に対して警戒心のようなものを感じる。

三浦が深令のほうに向きなおる。

「そしていま最注目の女子プロゴルファー、木月深令。今年、賞金女王に最も近い選手だ。お前とはたった三つ違い。今日は良い刺激をもらえ」

そうやって深令を紹介する三浦は、明らかにいつもよりも饒舌で、何より快活だった。心の底からリラックスしているのがわかる。要するに、いまのひまりとは真逆の精神状態だ。夫の社交界に突然引っ張り出された妻はこんな気持ちだろうか。そして妻は、自分よりも凜々しく、きれいな女性に出会う。

「三浦さん、始めましょう」深令が言った。

「そうだな。積もる話ならラウンドですればいい」

深令がゴルフキャップをかぶる。それを合図にさくらがヘアゴムを出す。お互いに顔を見ず、受け渡しを行っていた。髪が後ろにまとめられ、ひまりが人生で見てきたなかで、一番きれいなポニーテールが完成する。

続いてさくらがバッグからドライバーを出し、深令が受け取る。スムーズなやり取り。長年、一緒にコースを歩いてきたことが、その動作だけでわかった。三浦は「トイレ」と言って、近くの休憩小屋に向かって行った。わざとやっているのだろうか。ひまりは自分でバッグからドライバーを抜く。

くじ引きで深令が先になる。近づき、そこで初めて彼女の指を見た。マメが何度もつぶれた跡があった。ひまりの指にもあるものだ。同年代の女子がするような、飾り気のあるネイルはしていない。ひまりの爪も、やはり同じ。

「よろしく」

短く、淡々と、深令はシンプルに言ってきた。「よろしくお願いします」とひまりも返す。思えばこれが今日、目を合わせて初めて交わした会話だった。

「さくら、狙いは？」

「右の林方面以外なら、どこ打ってもいいよ」

「そう」

深令はさくらとの短いやり取りを終えると、ボールと目標の延長線上に立つ。芝生をヘッドで二回、とんとんと叩いたのが見えた。ルーティンに入ったのだろう。

素振りは二回。それからアドレスに入る。

続いて深呼吸が一度あり、肩や体全体に入った力が、ゆるやかに、そしてはっきりと弛緩(しかん)していく。

そこからは一瞬だった。ひまりよりも速いテイクバック。一瞬でトップにヘッドが運ばれる。目で追い切らないうち、インパクトの音が聞こえる。パアアンッ！　と、鼓膜を威圧する衝撃。

広いフェアウェイ、そのど真ん中を、ボールが飛んでいく。ぐんぐんと上がり、高く、高く、舞い上がっていく。ひたすらまっすぐだった。どのプロの球も、多少はスライスやフックはするものだが、深令のボールには一切のブレがなかった。お手本。機械。システム。教科書。そんな単語が次々とよぎる。

見惚(みと)れているうち、２４０ヤードほど先の平らな地点に着地する。ひまりほど距離が出るわけではないが、それでもひまりにはない、圧力のあるショットだった。

深令のティショットが終わると同時、小屋からのんきに三浦がでてくる。

「三浦さん。私のティショット、どうだったでしょうか」

「おれ、トイレ行ってただろ。見てないよ」

「そういえばそうでした」

「どうせいつもの引くほどきれいなストレートだったんだろ」

「狙いから20ヤードもそれました」

「ドライバーでアプローチの真似なんかすんな」

「わかりました」

表情を変えない深令。それに慣れきっている様子の三浦。あらためて気づく。本当に昔、指導していたんだ。この二人は同じコースを、同じ時間、回っていたんだ。わたしが高校に通っている間に。わたしがプロテストを目指していた間に。

「何ボーっとしてるんだよ、中原」

「え、あ」

「お前の番だ」

「……わかってますよ」

キャディとしての三浦からのアドバイスは特にない。これだけ広いフェアウェイなのに、これほど心細いのは初めてかもしれなかった。今日はなんだかおかしい。大好きなクラブを握っているのに、来たことのないコースを味わえるのに。

それでも、ティーイングエリアに立ち、ティペグを刺してボールを乗せると、気分がすぐに変わった。いつものわくわくが、体中をめぐる。早く打ちたい。早く回りたい。

いつものルーティンで打つ。トップからダウンスイング。インパクトも充分な手ごたえだった。笑顔をこらえたくなるほど、気持ちの良いショットだった。ひまりのボールは、深令の15ヤード先のフェアウェイまで飛んだ。太陽が照らす、青い芝生を転がる。

どうだ、と振り返ると、三浦は深令たちと談笑していた。ひまりのバッグを肘掛にまでしていた。いま持っているこのドライバーが斧に変わればいいなと思った。こちらの視線に気づき、三浦が肘を置くのをやめる。

「よし、打ったな。じゃあ行こう」

バッグを担ぎ、先に歩き出す。深令とさくらはお互いに歩幅を守って進む。それで諦めた。もういい。三浦さんなんか知らない。

わたしはわたしのゴルフをするだけだ。

自分のゴルフをするだけ。いつものように楽しむ。そう思っていたのに。

気づけばひまりは、深令のゴルフに見入ってしまっていた。正確にいえば、深令とさくらのゴルフに。

ショットを打つ前、深令たちは必ず二人で話し合う。深令の質問に、さくらはよどみなく答えていく。

「グリーンまでは？」

「142ヤード。ピンをデッドに狙うなら147ヤード。オーバーすると、下りのパットを残すことになるよ」

「風の強さと向きは？」

「二メートル弱かな？　右から吹いてる。それほどショットには影響しないと思う。どうしても気になるならフックで風に合わせてもいいし」

「了解」

呼吸をするような、流れるような会話。お互いの合意が取れて初めて、深令はアドレスに入る。ボールは彼女たちの計画に従うように、危なげなくグリーンオンする。

三浦が無言でバッグをこちらに向けてくる。クラブを取れということらしい。

「三浦さん、何かアドバイスとか、ないんですか。ここの常連なんでしょう？　コースの構造、教えてください」

「あー、そうだな。右には打つな。あっちはOBだ」

「そうじゃなくて、なんか、もっとこう……」

「お前はゴルフを楽しみたいんだろ？　じゃあコースのネタばれをしたら面白くないんじゃないか？」

「それは……」

アドバイスも、忠告も、何もない。いままではそれを気にすることもなかったし、むしろ文句を言われないから、気持ちよくプレーできるとさえ思った。今日は違った。自分の行動が、ひどく稚拙に見えてくる。純粋にショットを楽しもうとしても、自分の選択が本当に正しいのか、自信が持てない。

それでもひまりの調子は悪くなかった。現在、5ホールを終えて、ボギーは一つもなかった。バーディも二つ取れた。だけどスコアだけで見れば、深令たちに着実に離されている。ひまりがいくら普段のゴルフをしても、それ以上の精度とチームワークで、深令たちはスコアメイクをしていくのだ。

ティショットや二打目のショット、アプローチ、そしてグリーン上でも、深令たちの息はばっちりだった。

「みーちゃん、ラインに乗せるならボール三個分スライス。強気でいきたいなら一個分でいい」

「強気でいく」

「うん、いいと思う」

キャディのさくらは意見が対立しないよう（もしくはキャディとのやり取りで余計な集中力を使わせないよう）、はじめから深令にいくつもの選択肢を与えているのだとわかった。ほわほわと柔らかい雰囲気でも、その頭のなかは常に回転し続けている。

学生時代からの幼馴染だと言っていた。きっとさくら本人も、かつては選手としてゴルフをしていたのだろう。だから選手の気持ちもよくわかるのだ。

6ホール目にやってくる。オナーはずっと深令だ。1ホール目から会話をしていない。だけどもう、何往復もやり取りをしているような気分になる。これが私のゴルフだ、とそのショットが告げてくる。

アドレスに入ってから、テイクバックが恐ろしく速い。居合の達人が刀を抜くイメージが浮かぶ。トップに入ったと思った次の瞬間には、ひまりの耳にインパクトの音が響き渡る。ボールはまっすぐ飛ぶ。どこまでも、軌道の変わらないストレートボール。あれを打てる女子プロゴルファーは、国内にどれほどいるのだろう?

ひまりも続いてティショットを打つ。距離は深令よりも出るが、右にスライスし、ラフに入ってしまった。フェアウェイの中央には、意地悪く一本の木が立っている。ひまりの位置からはちょうど木が邪魔していて、あれではグリーンが狙いにくい。

二打目を深令が打つ。決してなだらかではない傾斜でのショットなのに、少しもスイングがブレていなかった。本当にきれいだった。

「顔に何か、ついてる?」

「え、あ」

打ち終えた深令と目が合う。体が固まる。キャディの二人は少し先を歩きだしていた。

明らかにひまりに話しかけていた。

「いえ。スイングが、本当にきれいだと思って」

「三浦さんとはいつから？」

「え？」

「いつからキャディになってもらっているの？」

「ついこの前です。二週間前くらい」

「そう」

短い返事。続きはなかった。今回の練習ラウンドを取り付けるにあたって、三浦は深令に連絡を取っているはずだ。しかしどうやら、自分がキャディを務めるきっかけまでは話さなかったらしい。スポンサー契約の事情。ひまりたちが窮地に立たされているという事実。

向こうから質問がないとわかって、今度はこちらから訊くことにした。

「三浦さんから、指導を受けていたって。どれくらいの期間を？」

「半年くらい。三浦さんが肘を痛めだした時期で、あのひとは、体に負担をかけないスイングを探していた」

その説明でなんとなく、流れが見えてきた気がした。おそらく、男性のスイングと女性のスイングの問題だ。

「私たちとは違って、男子プロは力でも飛ばすことができる。だから肘や肩に負担をかけやすい。女子プロは体のバネを使って飛距離を稼ぐ。三浦さんは女子プロのスイングを参考にしようとしていた」

「だから木月さんのところに？」

「私もそのとき、ちょうど自分のゴルフに迷いがあった時期だった。私も三浦さんからいろいろ教わった。お互いに、刺激になった」

ひまりの知らない、三浦真人のこと。嫌でも二人の時間のことを考えてしまう。その長さは半年。そしてわたしは、まだ二週間。

深令が言ってくる。

「あなたのゴルフは、派手」

「派手、ですか」

「次に何をするかわからない。どんなショットが出るか、予想できない」

褒められているのだろうか。表情からはそれが読めない。意表をつくプレー。どこかの雑誌に載っていた、ひまりのゴルフを表現する言葉。

「私なら怖くてできない」そう言って離れていった。

褒め言葉などでは決してなかった。

ひまりが決定的な実力の差を思い知ったのは、昼食休憩後の後半ラウンド、その3ホール目でのことだった。

パー4、340ヤード。このコースのなかで、もっとも平坦で、大きなトラップのないホールだった。フェアウェイの幅が広く、どれだけ曲げてもラフまではいかないと思える幅。二打目を難しくするバンカーや障害物となる木もない。ひまりは迷わずドライバーを引き抜いた。

しかし、深令たちは違った。さくらがバッグから出したのは、ドライバーと、ユーティリティウッドだった。

「みーちゃん、ユーティリティなら140ヤード残せるけど、どうする?」

「ユーティリティにする」

会話の意味が最初はわからなかった。とにかく深令はドライバーを跳ねのけ、飛距離の出ないユーティリティウッドを選択した。

目標とボールの延長線上に立ち、芝生を二回、ヘッドで叩く。素振りも二回。そこから瞬時にアドレス。深令のルーティンに乱れはない。

まっすぐボールが飛んでいく。ドライバーのように距離は出ないが、それでも美しい球筋だった。この広々としたフェアウェイでは、むしろ、もったいないと思えるほどのストレートボールだ。

「ああ、そういうことか」と、三浦が納得するように言った。ひまりよりも先に深令たちの意図に気づいたようだった。

ひまりも迷いなくドライバーを振り抜く。当然のように、深令のボールをキャリーで追い越していく。深令たちに後悔している様子はない。

フェアウェイに向かって歩き出したところで、とうとう我慢できなくなり、ひまりは直接訊くことにした。

「どうして、ユーティリティを選んだんですか？」

深令は答えないまま目を合わせてくる。さくらが気を遣ってくれたのか、少し離れて、二人きりにしてくれた。ひまりは続けた。

「何もない、平坦なコースなのに。ドライバーのほうが、飛距離を稼げます」

「１４０ヤード」

「え？」

「私がこの世で一番得意な距離。１４０ヤードの７番アイアン。だから一打目に、ユーティリティ」

無駄を極限までそぎ落とした、シンプルな答え。事情を知らないひとが聞けば、説明不足と受け取るかもしれない。だけどひまりには、それだけでわかった。

ピンまでの残り距離を１４０ヤードにするために、わざとティショットをユーティリティで刻んだのだ。140ヤードは深令にとって、寄せるのが一番得意な距離。ドライバーでは飛びすぎてしまい、中途半端な距離を残すことになるから選ばなかった。平坦で、障害のないコースだからこそ、自分にとっての最高の二打目のポジションを、意図的につくることができたのだ。

深令が二打目を打つ。結果は見なくてもわかった。顔をそむけたい気持ちもあったが、ひまりはそれを目に焼き付けることにした。

ボールはまっすぐピンに向かっていく。グリーンに乗り、ぴたりと止まる。カップの十センチほど横で止まったようだ。そのままチップインするかと思った。遠目では、もはやピンの根元とボールが重なって見える。

「ゴルフはもっとも遠くへボールを飛ばせるスポーツ。だけど」

深令は言った。

「300ヤード飛ばしても、十センチ転がしても、同じ一打になる」

勝てないと思った。

いまのままでは、絶対に勝てない。

ひまりが他人を、自分以外の選手を、ここまで意識したのは初めてだった。

厳密には、いままでだって大会で同伴競技者を意識してこなかったわけじゃない。派手なドライバーショットを見ればその選手よりも飛ばしてやろうと思ったし、ぴたりと寄るアプローチを見せられれば、自分ももっと近くに、と意気込んだ。そうやってモチベーションに変えてきた。あくまでも自分のゴルフをするために。ゴルフを楽しむために。

だけどここまで明確に、はっきりと、個人の選手を意識したことはなかった。

木月深令。

どうして今日まで、この選手を知らなかったのだろう。自分よりもゴルフを知っている相手。自分よりも、三浦真人と多くの時間を過ごした相手。

もう忘れない。絶対に忘れたりするものか。彼女の名前も、美しいスイングも。何より、この悔しさも。

結局、ひまりは深令たちのゴルフに終始圧倒されたまま、練習ラウンドを終えた。三浦はこの日、一度もひまりにアドバイスをしてこなかった。いまならそれがわざとだとわかる。

18ホール目、打ったボールがカップに吸い込まれると同時、すぐさま拾い上げて、ひまりは三浦のもとに向かった。大股で歩み寄るひまりに気づいた三浦が、立ち止まり、身構えた。

「三浦さん、教えてください」

「は？」

深令たちが見ていようが、関係なかった。

楽しいだけはもう嫌だ。というより、それじゃだめなんだ。

もっとゴルフを好きになるために。そしてもっと楽しむために。

ひまりは勝ちたかった。だからはっきりと、こう告げた。

「わたしにゴルフを、教えてください」

◆

相変わらずこいつは意表をつく。こちらの思いがけないタイミングで、頭を下げてくる。てっきり、相談にくるのは早くても帰りの車中だろうと予想していたのに。

だからといって、返事に準備ができていないわけではなかった。三浦にとってはこうなることが今日の目的だったから。

「明後日、横浜カントリーで練習ラウンドだ。朝、八時、遅れるな」

「はい」

「自分がプロであることはいったん忘れろ。コースマネジメントにおける、基礎の基礎を叩きこむ。指示に従え、と一方的に偉そうにいうつもりはない。だけど勝ちたいなら、おれの言葉に耳を傾けろ」

「わかりました」

満足したように、ひまりは誰よりも早くクラブハウスのほうに歩いていった。正直、ここまで上手くいくとは思っていなかった。今日一日、ひまりの闘争心に火をつけるために、キャディとしてのアドバイスをわかりやすく怠って見せたり、彼女自身のゴルフに関心を示さないフリをしてみたりした。自分でもやり方が少し幼稚すぎるかと思ったが、どうやらひまりには、これくらいでちょうどよかったらしい。

今回の練習ラウンドはひまりにとっての刺激となり、そして三浦自身にとっても、決して小さくはない意味を持つものとなった。バッグを担いで、18ホールを回りきったのは、ひまりのキャディになって今日が初めてだった。重さ十キロ超の荷物を担ぎ、七キロから八キロを歩く。運動不足にはきつい。正直、最近の自分で体力が持つか怪しかったが、不思議とそれほど、疲れは感じなかった。

「あれでよかったですか？」

気づけば深令が横に立っていた。キャディのさくらは少し前を歩いている。ひまりはとっくにクラブハウスに消えていた。いや、もしかしたら近くのパッティンググリーンで練習をしているかもしれない。パターを持ったままだった。

「『こてんぱんにしてやってくれ』って。あれでよかったですか？」

「ああ、充分だよ。今日はありがとう」

「何かお礼はないんですか？」

ちらりとのぞくと、目が合う。まっすぐこちらを見つめていた。冗談というわけではなさそうだ。

「もちろん何かお礼をさせてくれ。ご飯でもごちそうしようか」

「いえ、ご飯はいりません」

「じゃあ何がいい？　いっておくけど、叶(かな)えられることにしてくれ」

「では私のキャディになってください」

「叶えられることだと言っただろう」

「三年前もお願いしました」

覚えている。

肘を痛めだした時期に、体のバネを柔軟に使う女子プロのスイングを間近に見たいと思って、知り合いのツテをたどって木月深令を紹介された。彼女もちょうど、自分のゴルフスタイルについて悩んでいる時期だった。深令はほかの女子プロほど、ドライバーで飛距離がでない。それを克服しようとしていた。

飛距離がでないなら精度で差をつけろ。３００ヤードも十センチも、どちらも同じ一打だ。誰にも真似できないコントロールを習得しろ。そう発破をかけたのは、三浦自身だ。結果、彼女の苦手なクラブは一つも存在しなくなった。

選手としても活動していたから、指導していた期間はわずか半年だ。だけど彼女のゴルフに関する多くのことを知った、濃厚な半年間だった。期間が終わるころ、深令からキャディになってほしいと依頼されたが、三浦は断っていた。自分は選手だから。

「いまは選手としての活動は中断されていると聞いています」深令が言った。

「きみにはもう理想のキャディがいるだろう。逗子さくらほど、きみを理解しているものはいない」

「ではスイングコーチとして、帯同してください」

「過大評価だよ。コーチって柄じゃない」

「でもいまはしてる。中原ひまりのキャディをしてる」

深令が語気を強める。三浦が知る限り、今日初めて、彼女がわかりやすく、感情をあらわにした瞬間でもあった。

「私のときは、断ったのに」

「事情があるんだよ。いろいろ」

「今日の練習ラウンドは、中原ひまりのためですよね。私を利用して、彼女のモチベーションを高めようとしてる」

「利用と言われてしまうと、こちらの立場がない。でも、きみだって同年代の選手の、それも違うスタイルのゴルフを見たんだから、刺激にはなったはずだろう?」

「ええ、とても」

深令が続ける。

「来月のサイカワ・レディースオープン、出場されるんですよね？」

「ああ、そうだよ」

「そこで中原ひまりに勝ったら、私のキャディになってくれますか？」

「だからキャディは……」

「スイングコーチ」

指摘する前に、深令は素早く言い直す。

つくづく、ひまりとは真逆の選手だと思った。見た目や性格、雰囲気の話だけではない。自分のゴルフを楽しむひまりとは反対に、徹底的に勝ちを追求する深令。もともと負けず嫌いなのは知っていたが、ひまりには異常な執着を見せている気がする。ここまで強情な深令を見たのは初めてだった。適当な返事では、関係を悪化させかねない。

「わかったよ。サイカワ・レディースオープン。そこでもしきみたちが、おれたちよりも順位が上だったら、そのときはコーチとしての帯同を考える」

「ありがとうございます」

満足したように、歩みが速くなる。さっきのひまりを見ているようだった。真逆なのか、似ているのか、よくわからなくなってきた。

　若いやつは、と三浦は思わずため息をつく。年齢的には同じ年代であるはずなのに、彼女たちがとても幼く見えるときがある。大観衆の前で凜々しく戦う一面もあれば、こんな風にあどけなさを感じさせる一面もある。女子プロゴルフの世界というのは、つくづく不思議だ。

「負けません」

　深令が振り返って、言ってくる。

「絶対に、負けません」

　もともとはひまりのモチベーションを見つけるためのラウンドのはずだった。だけどすべてが計画どおりに、とはいかない。

　眠れる獅子(しし)を、起こしてしまったようだ。

　深令との練習ラウンド以降、ひまりのゴルフは目に見えて変わった。簡単に言えば、三浦のアドバイスに耳を傾けるようになった。そしてそれらを、すべて呑(の)み込んだ。結果、波がなく、落ち着いたスコアメイクができるようになった。

　途中で大人しいゴルフに文句を言って、また言い争いになるかとも思ったが、そうはならなかった。ひまりには、三浦が想像する以上の集中力があった。

　ちょっとした事件は、練習ラウンドの時に起きた。二打目をグリーンのわきに外し、アプローチでピンに寄せる場面にさしかかったときだった。

「中原、どう寄せる？」

「普通にラインを読んで、ランニングアプローチって思ってますけど。傾斜があるんで、軽くだして、あとは転がす感じで」

「普通ならそれでもいい。だけどここのグリーンは芝が短いし、傾斜も強い。少しの加減のミスで向かいのグリーン外まで行くこともありえる」

「じゃあどうすれば？」

「ロブショットで寄せるんだ。なるべく根元に、スピンで止める」

「ううん、わたし、ロブショット苦手なんですよね」

バッグからサンドウェッジを抜きながら、ひまりは困ったように首をかしげる。深令なら寄せられるぞ、と発破をかけてみようかとも思った。最近のひまりには、たいていこの言葉が効く。だが三浦が口を開く前に、ひまりが思いついたように、こんなことを言ってきた。

「打って見せてくださいよ」

「は？」

「三浦さんの見本、見てみたいです。そうしたらできるかも」

迷いなくウェッジを差し出してくる。この前もそうだった。ひまりの父親が経営する練習場まで、彼女を迎えにいったとき。打席で三浦に、打つように勧めてきた。もしかして、わざとだろうか。おれにクラブを振らせようとしている。

「しょうがないな」

前回、打席で6番アイアンを握り、結局振るのをやめた。手先が震えているのが見えたからだ。情けない球を打ってしまえば、沽券にもかかわる。だから避けた。今回は、逃げ道がすぐに見つからなかった。

ウェッジを握り、目標のピンとボールの間に架空の線を引く。アドレスの前に一度素振り。身に付いたルーティンは、どれほどクラブを振っていなくても、記憶から消えることはない。

アドレスに入ったとたん、クラブが急に重くなった。いま握っているのが、女性用のクラブだというのが信じられなかった。

手がまたしても、小刻みに震えていた。アルコールが切れているせいではなかった。目をつぶり、深呼吸する。

ロブショットのための構えを取る。ボールを通常より高く上げて、スピンをかけるショット。まずはフェースを開き、左足をいつもより下げる。体重はその下げた左足に七割ほどのせる。

そしてテイクバック。手首をいつもより早く曲げる。ボールと下の芝生の間に、刃物を通すように、ダウンスイングでは素早く抜く。

カッ、と軽いインパクトの音。一瞬、シャンクしてあらぬ方向に飛んで行ったかと思った。だけどボールはちゃんと、高く上がっていた。

ピンのそばに落ちたボールは、スピンがかかり、ぴたりと寄る。カップまで十センチ。目をつぶってパターを振っても入る距離だ。

ぱちぱち、と手を叩く音がする。ひまりが笑顔を見せていた。どんどんその表情と拍手の音が派手になる。

「さすがです！」

「うるせえ。プロならこんなの、できて当然なんだよ」

「そうですね、わたしもやってみます」

近くに、休憩小屋があるのが目につく。グリーンの近くと、次のコースのティーイングエリアの間にはたいていあるものだ。いまは酒よりも欲しい存在だった。

「練習しとけ。ちょっとトイレ行ってくる」

「はい」

なるべく早足にならないよう、小屋を目指す。そなえつけられたトイレに入り、扉と鍵をしめる。息を深く吐き出すと、とたん、体の力が抜ける。どっと疲労感が襲ってきた。ドアにもたれかかる。ばくばく、と脈打つ心臓の鼓動が部屋に響く。右手を見ると、まだ震えていた。緊張と、ショットが成功したことによる安堵が、心にうずまき、体がエラーを起こしている。まったく、二十歳の女子にちょっと脅かされただけでこのザマだ。おれはこんなにもろかったのか。大観衆の前でだって、堂々とクラブを振っていたはずなのに。こんなの絶対に、誰にも見せられない。

そのとき、外から歓声が聞こえてきた。

「ほらねえ早く来て！　わたしもできましたよ！」

ひまりがショットを成功させたらしかった。

「まったく、あいつめ」

鏡に映る三浦は苦笑いを浮かべていた。落ち込んでいた気分はどこかに消えて、トイレから出るころには、再びひまりのキャディになっていた。

「なるほど、木月選手を会わせたのは正解だったみたいだね」

「正直あんなに上手くいくとは思いませんでした」

その日の終わりに斎川に電話で報告をすることが習慣になっていた。練習ラウンドでの調子や、最近のひまりの変化を、斎川も喜んでいた。

「大会のエントリーは？」斎川が訊いてくる。

「済ませました。こういうのも、キャディの仕事なんですね」

「ぎりぎりだったね、きみは本当に危なっかしい」

「間に合ったんだからいいでしょう。大会にはちゃんと出られます」

「そしてひまりちゃんも変わり始めた」

「ええ」

「それならきみから、ご褒美をあげないと」

「ご褒美？」

「ひまりちゃんはきみの要求に合わせてる。それが最善だと信じて。だからきみも、ひまりちゃんに合わせてあげなくちゃ」

合わせるって、何を合わせるのだ。

聞こうとしたが、気づけば電話は切れていた。おれのまわりは勝手なやつばかりだ。

◆

ひまりにも、自分のゴルフが変わったことが目に見えてわかった。ここ数回の練習ラウンドで、ひまりは一度もダブルボギーを打たなかった。ボギーですら数えるほどしかない。広大なホールのなかで、どこに打ってはいけないか、それがわかるだけで、スコアにも結果があらわれた。

予測不能な自然に立ち向かうのが、ゴルフというスポーツでもある。コースマネジメントとは、そのコース（自然）とどれだけ真摯に向き合ったかを証明するものでもあるのかもしれない。ひまりはそう思い始めていた。

ひまりの父がそれを怠っていたわけではない。リスクのある場所や打ち方、ホールごとの攻略を常に練ってくれていた。でも、三浦真人のキャディとしてのアドバイスは、それよりもさらに明確だった。

「フェアウェイ右側、一本だけ高い杉の木とバンカーの端、あの間を狙え」

「はい！」

三浦の要求はアマチュアのゴルファーが聞けば、きっとぞっとするものばかりだろう。大変な精度をもとめられる。集中力を少しでも落とせば、食らいつけない。逆にいえば、三浦は自分にはそれができると認めてくれている。応えたいと、ひまりはいつしか思うようになった。

木月深令と出会って得られたモチベーションは、三浦が指摘してきたひまりの二つの課題を見事に克服させた。三浦のコースマネジメントに従うことで無理な冒険はしなくなり、そしてもう一つ、波があると言われてきたゴルフは、集中力によって完全に統制されていた。

ゴルフが変わったことで、やがて、ひまりと三浦の関係性も少しずつ変わってきていた。

「いまのゴルフは楽しいか?」

「え」

「キャディの指示に従って、冷静に進めるゴルフ。楽しいか?」

「スコアが出せるのは嬉しいです」

でも。と、先を続けたくなる。それを言えば、うまくいっているいまの調整を、台無しにしてしまいそうだった。

「正直に答えていい」三浦が言った。それで明かすことにした。

「前よりわくわくは、しなくなりました」

「ああ、そうだな」

バッグを担ぎ、三浦は考える様子を見せる。次のホールに移動する間、一言もしゃべらなかった。整備されたカート道を、二人きり。頭上をおおう木々の葉が風に揺らされ、音を立てる。日が差し込み、こもれびが地面を幻想的に彩っていた。気持ちの良い午後だった。

「ゴルフの大会では、競技という形で選手が個々に順位をつけられる」

三浦がようやく答える。

「順位をつけるだけじゃない。さらには賞金という形で、目に見える差がでる。回った結果、スコアは後からついてくるとか、そういうプロもたまにいる。だけどおれはそうは思わない。スコアを狙いに行って、その結果、狙ったとおりの、きちんとした順位がつくんだ」

「そうですね……」

「ただ楽しいゴルフがしたいなら、プロにならなくてもいい」

「……はい」

自分のこれまでのゴルフを、否定されるのかと思った。そう覚悟した。でも違った。ただし、と三浦が先を続けたのだ。ひまりはうつむきかけた顔を上げる。

「最後に勝つゴルファーっていうのは結局、その大会で、心の底からゴルフを楽しめたやつなんだ」

「三浦さん……」

「お前の言う『わくわく』というやつが、まったく必要ない、とは言わない。そこでおれから提案がある」

「提案?」

三浦がこちらを向いて、指を一本、ぴんと立てた。

「一回。ラウンド中に一回だけ、わがままを聞いてやる」

「つまり、三浦さんのアドバイスを無視してもいいってこと?」

「ああ、お前の欲求を爆発させていい」

「乙女にまた不適切なこと言ったので、五回にしてください」

「ふざけるな、譲って二回だ」

「じゃあ四回」

「いいかげんにしろ。三回」

「わかりました、三回です」

迷ったときは、わくわくするほうのショットを選ぶ、いつものゴルフ。三浦のアドバイスと衝突したときは、三回まで、わがままを通せる。

ただ楽しいゴルフがしたいなら、プロにならなくていい。そのとおりだ、とひまりは思う。わたしは、楽しくて勝てるゴルフがしたい。

「お前がわがままを申告する合図は、そうだな、『チャレンジ』とでも言えばいい。それでおれは折れる」

「わかりました」

「じゃあ練習ラウンドを続けるぞ」

次のホールに立つ。310ヤードの、短いパー4。いわゆる難易度の低いチャンスホールに見えるが、意地の悪いコーストラップも仕掛けられていた。

「このコースだが、左の林の向こうにグリーンがある。ただし無理に越えることはしないで、ウッドで刻みながら……」

「三浦さん」

「なんだ」

「『チャレンジ』です」

　ぽかんと、三浦が口を開けた。


　気づけば大会の四日前になっていた。明日からは現地である山梨県に移動し、開催コースで練習ラウンドを行う。今日は都内にいられる最後の日だった。夜、ひまりは三浦の車に乗せられ、彼のマンションの駐車場まで来ていた。

　地下の駐車場から地上にあがり、三浦の住むマンションを見上げる。まわりにそびえるビル群に、勝るとも劣らない迫力があった。

「ほえー」

「なにぼさっとしてるんだ、いくぞ」

「え、中に、入れてくれないんですか？」

「景気付けに飯を食べるだけと言っただろう。誰がお前なんか家に入れるか」

　文句を押し殺し、三浦についていく。たどりついたのは、歩道を渡った先の、一軒の小さな居酒屋だった。

「わあ、やっと会えた、ひまりちゃん」

着物姿の女性がカウンターからでてきて、ひまりを抱きしめてくる。見た目の割にフレンドリーな挨拶だった。ぴょんぴょんととび跳ねる。ひまりにはこのひとの年齢がわからなかった。

「今日はあなたたちのために貸切にしたの。ひまりちゃんのことは、このひとからずっと話を聞いてたのよ。ひまりちゃん大丈夫？　いじめられてない？　セクハラは？」

「え、あ、う、はいっ。大丈夫です」

「何かあったら私に言ってね。いつでも来ていいからね」

「サキさん、うちの選手にあまりかまわないで」三浦が言った。

「いつからあなたの選手になったのよ」女性が言った。

会話を進めるうち、名前を飯川サキといい、ここが三浦のいきつけの居酒屋であることを知った。

ひまりを無視して、三浦は自分のペースで飲み始めていた。つまみや食事がどんどん、カウンターに並んでいく。おまかせで頼んでいるのだとわかった。

「どうしたお前、意外と大人しいな。もっと騒ぐかと思ってた」

「年がら年中うるさいわけじゃないです」

「普段はぎゃあぎゃあとやかましいくせに。まさか人見知りか？　人見知りなのか？」

「三浦さんには行きつけの場所かもしれませんけど、わたしは初めて来てるんです」

「あはは！　まさかの図星だ！　『明るい人見知り』って矛盾してんだろ！」

「やかましいのはどっちだ！」

　ほら飲め、と三浦がひまりのコップにビールを注いでくる。立ち上がり、膨らむ泡が香りを運んでくる。鼻と喉の気道が狭くなる、独特の感覚。くらりと、脳が揺れるのを感じた。飲むフリをしてやり過ごす。年齢的にはすでに飲めるようになっているが、このひとの前で酔っ払うのだけは、なんとしても避けたかった。三浦はコップのビールを瞬時に空にする。その間、飯川がそっとジンジャーエールを置いてくれた。

　あこがれの選手が真横に座っていて、しかも一緒に食事をしている。事実だけを切り取って昔の自分に聞かせたら、どれほど目を輝かせただろう。実際は中身をすでに知ってしまっている。こんなひとになっていたとは、つくづく意外だった。タワマン住まいというのも、今さらながら腹が立ってきた。

　男の顔を眺めていても腹は膨れない。目についた皿から、とりあえず手をつけていく。ある料理を口に運んだ瞬間、思わず言葉が漏れた。

「わぁ！　これ、おいしい！」

　カウンターの奥に立つ飯川が笑う。

「金目鯛の煮付けね。このひとがいつも、絶対に注文する料理。味の好みまで一緒なら、コンビとしての相性も良いのかも」

「はは！　こいつにサキさんの料理の味なんてわからないでしょおおお」

酔っ払いの男が絡んでくる。頼むからこれ以上、あごがれから遠ざからないでほしい。感情がもろに顔に出たのか、飯川がまた、ひまりを見てくすくすと笑った。

二時間もすると、三浦はすっかり呂律がまわらなくなり、最後にはカウンターで眠り始めてしまった。どれだけ体を揺らしても起きない。諦めて飯川に任せることにした。

飯川はひまりのためにタクシーを呼んでくれた。

「ごめんね、いつもはここまで酔いつぶれたりしないのに」飯川が言った。

「いえ。楽しかったです」

「普段はね、このひと毎日、店にきてるの。でもここ最近は顔を見せてなかった。きっとキャディの仕事にかかりっきりだったのね」

思えばここ数週間は、ずっと練習ラウンドの繰り返しだった。キャディと選手として組んだあの日から、もう一か月が経とうとしている。特に木月深令に会ってからの練習の日々はあっという間だった。そして、やれるだけの準備はしたはずだ。

「酔っ払って、酔いつぶれて、かっこ悪いけど。今日だけは許してあげて」

ひまりは三浦の顔を見る。赤く染まった頰。うっすらと口を開けて、漏れる吐息。それから右肘と、膝に目が行く。服の奥に隠れる、怪我の跡。かつて堂々と、大会でコースを歩き、ギャラリーを引き連れていた体。

「この前、クラブを振ってくれたんです」

「え？」

「練習場に来たとき、さりげなく、アイアンを渡しました。でも三浦さんは打たなかった。打てないのかもしれないって、わたし、怖かったんです」

わたしのあこがれた三浦真人は、本当にもういないのか。

彼がクラブを振ることは二度とないのか。

そんなこと、認めたくなかった。

だからもう一度、試した。

「日にちが経ってもう一回、クラブを渡したんです。サンドウェッジ。そうしたら、グリーンのところでロブショットを披露してくれました」

あの瞬間。

流れるようにクラブを振り、打ったボールが高く舞い上がり、ピンにぴたりと寄ったとき。たった一瞬だけだったけど、あこがれだった三浦真人が、そこにいた。

「すごくかっこよかった。傍から見たら、めずらしくもないショットだったかもしれないけど。やっぱり、このひとは三浦真人なんだって思いました」

彼には聞こえない。

このタイミングで明かすのは、ずるいかもしれない。

でも、とめられなかった。

「キャディとしてそばにいてくれるのは、刺激になるし、すごく嬉しいです。最初はどうなるかと思ったけど、いまは楽しい。でもわたしは、いつか選手としてコースに立つ三浦真人が、また見たい」

「見られるよ」

飯川が言う。ひまりの頭に手を乗せて、そっと撫でてくる。

「きっと、見られると思う。あなたと出会ってから、真人くん、またゴルフの話をするようになったの。前は一度も話題にあげなかったのに」

「……わたし。がんばります、大会」

「うん、応援してる」

店のガラス戸に、黄色のハザードランプの点滅が映る。タクシーがきた。ひまりはコップに残ったビールを流し込み、店を出た。

◆

火曜日。朝七時、中原ゴルフ練習場の前に車を止める。練習場はまだオープンしていない。まわりの家々から、主婦たちがまばらに、ゴミ袋を抱えて出てくるのが見える。ゴルフのために早起きをするたび、三浦は自分が、違う世界で生きていることを実感する。そしてその世界にいま、わずか二十歳で踏み込んでいる女子もいる。

練習場のドアが開いて、なかからひまりと、父親が出てくる。一言ふたこと挨拶を交わし、ひまりはゴルフバッグとキャリーケースを転がして近づいてきた。三浦は車から降りて、彼女のバッグとキャリーケースをあずかる。トランクに詰め込んでいる間、父親が見送りに近づいてきた。

「どうかよろしくお願いします」

深く頭を下げられ、恐縮してしまう。結婚したことはないが、まるで嫁をもらいにきたような気分だった。当の本人はすでに助手席に乗り込んで、早々にドアを閉めている。娘と父というのは、こんな淡泊な関係なのか。

「最善を尽くします」三浦が答えた。

「三浦さん、あなたに頼んでよかった」

「まだ結果は出ていません」

「いいえ、結果がどうなろうと、いまのひまりに、間違いなく良い影響を与えてくれました。父親の私にはできないことでした」

住宅の屋根にかたどられた、でこぼことした地平線から太陽が昇ろうとしていた。三浦は最後に一度頭を下げて、車に乗り込んだ。通りを走りだし、曲がるまで、バックミラーにはずっとひまりの父親が映っていた。

「お前のお父さんは応援にくるのか？」

「はい、きてくれるって。日曜日に」

「そうか。日曜日か」

「はい、日曜日」

女子の大会は三日間もしくは四日間を通して行われる。今回出場するサイカワ・レディースオープンは、金曜、土曜、そして日曜の三日間。予選の二日間を勝ち抜いた選手だけが、三日目の最終日に出場することができる。ひまりの父が言っているのは、つまりそういうことだ。娘が予選を通過すると信じている。優勝すると信じている。

「ふわあ」と、高速に乗る前から、ひまりが大きなあくびを見せる。

「いつもより眠そうだな」

「コースにいくなら話は別ですけど。今日は移動日でしょう？」

「ああ、翡翠カントリークラブのすぐ近くに宿を取ってる」

「練習ラウンドができるのは明日からだし、気も抜けます」

大会の主催側が、選手のために開放する練習ラウンド。サイカワ・レディースオープンでは、水曜日と木曜日の二日間が充てられている。ちなみに練習ラウンドの予約は選手側が行わなければいけない。大きな規模の大会では、主催側がアテンドしてくれることもあるが、ほとんどは一般ゴルファーがコースを予約するときと同じ要領だ。

「渋滞がなければ午後には着けるだろうから、荷物をさっさとおろせば、練習場くらいなら行けるかもしれない」

「行きたい！」

「はいはい、わかったよ」

車が高速に乗る。

戦いの舞台、山梨県に、選手たちが集まり始めている。


高速を降りて一般道を小一時間進むと、左右に田畑が広がり始める。山に囲まれ、いくつものトンネルを抜けていく。自然。自然。自然。高圧的なビル群や、一戸建てがしきつめられた住宅街は、ここにはない。

目印となる木彫りの看板を見つける。『カナリヤ・グリーンロッジ』。三浦たちの滞在する宿泊場所だ。看板の前を右折し、砂利道を進む。左側に、名前も知らない背の高い植物が生い茂っている。右側は一面、牧場だった。生き物はいない。

やがて開けたスペースに入る。

「着いたぞ」

「はいにゃ」

寝ぼけた返事とともに、ひまりが起きる。本当にずっと寝ていた。ゴルフが絡まないと、ここまでふ抜けるものかと、逆に感心した。

現れた建物を見て、ひまりが、わあ、と声をあげた。

左右に六軒ずつ、コテージが建っている。すでに何台か車が止まっていた。

「観光じゃないから、温泉や充実したアメニティはない。けどまあ、アメリカにあるようなモーテルほど質は悪くないから安心しろ」

「アメリカもモーテルも行ったことないし、知りません」

「じゃあこう言いかえる。翡翠カントリーから車でたったの十分だ」

「あ、それは最高ですね。満足です」

車を敷地内の一番奥、コテージよりもひとまわり大きい建物の前に止める。受付のロッジだ。

車を降りて、ロッジのなかに入るとひまりが歓声をあげた。このリアクションは想像できていた。壁一面が、写真と色紙で埋まっていた。オーナーの男性と一緒に写っている彼ら彼女らは、ほとんどがプロゴルファーである。

受付カウンターの左側は、ちょっとした共有のダイニングスペースになっている。自由にここで集まって食事をしてもいい。壁際にはこのロッジの主人であるかのように、暖炉が居座り、存在感を放っている。

「翡翠カントリー以外にも、この辺は多くのゴルフコースがある。だから選手がよく滞在場所に使ったり、高校や大学のゴルフ部が合宿所に使ったりするんだ。オフシーズンは会社の研修施設としても使われてる」

「なるほど、ゴルファーの聖地なんですね」

「それは大袈裟ですよ」と、受付からオーナーが顔をだす。たくわえた鬚、ごつごつとした体格。男の存在が、一気にロッジの雰囲気を引き立てる。

「予約していた三浦です」

「はい、承っておりますよ。八番のロッジへどうぞ」

それから応援しています、とオーナーは言葉少なに添えてきた。翡翠カントリークラブで大会が開かれることも、とっくに知っているのだろう。

鍵を受け取り（木彫りのプレートに8と数字が刻印されている）、写真を眺めていたひまりを呼び、受付のロッジを出る。

八番の看板が立てかけられたコテージの前まで車を移動させる。レンガ色の手すりと屋根が印象的だ。入り口のドアが左右に一つずつある。

「もしかして、一緒の部屋ですか？」

「同じ屋根の下ではあるが、安心しろ、ちゃんと内部は仕切られてる。だからドアが二つあるんだ。おれだってそれくらいの配慮はしてるさ」

「あ、そうですか」

ひまりにしてはめずらしく、感情の読めない返事だった。完全に安心しきれていないのだろうか。めずらしい彼女のリアクションに気をとられているうち、また一台、コテージの前に車が停まった。男女が降りてくる。男性がゴルフバッグを担いでいた。間違いなく、同じサイカワ・レディースに出場する選手だった。

鍵を渡し、一度解散する。ドアを開けて、同じタイミングでお互い、部屋に入る。シンプルなワンルーム。広めのベッドが一つと、ソファとテーブル、それに壁にそなえつけられたテレビ。トイレとバスは別々についている。窓の外にはウッドデッキ。

全体は木目調に統一された部屋だが、一か所だけ、白色のドアがぽつんと浮いたように存在している。向こうの部屋につながる連絡扉だ。

ドアを叩くと、「ちょっと待ってください!」と返事があった。衣ずれの音がする。着替えているのだろう。少し気まずかったので、距離を置いた。

数分後、着替え終えたひまりが、ノックもなしに入ってきた。おれが裸になってたらどうするつもりなのだ、と心のなかで呆れる。

「練習、いきましょう」

「今日一日は休養日に充ててもいいんだぞ。どうせ明日と明後日、練習ラウンドはできるんだ。選手によっては、息抜きにこの近くの山をハイキングするやつもいる。さっき行った受付のロッジでのんびり過ごすこともできる」

「なるほどわかりました。練習いきましょう」

「だよな。知ってた」

やった、と小さく飛び跳ねている。運転の疲れを見せてはいけないのも、キャディの仕事らしい。出会って約一か月、こいつに振り回されるのも、そろそろ慣れてきた。

コテージを出て、車に乗り込むとき、ぽつりとひまりが言ってきた。

「受付のロッジにあった写真。あのなかの一つに、三浦さんがいました」

「ああ。前に来たことがある」

「翡翠カントリーは、三浦さんが初めてプロとして出場した大会でしょう？」

「なんだ、知ってたのか」

驚いて声が少し大きくなった。素のリアクションが出てしまった。

「当然ですよ」

あこがれの選手ですから。ひまりはそう答えた。それはかつての三浦への評価だ。いまはどうかは、知らない。質問する気も三浦にはなかった。そんな見えない質問に対して、答えるようにひまりが言ってきた。

「帰るとき、わたしも写真、とってもらお」

水曜と木曜の練習ラウンドでは、選手のためだけにコースが開放される。グリーンも刈り込まれ、本番と同じ芝の速さ（難易度）でプレーすることができる。三浦たちは予定どおり、残った二日間を練習ラウンドに投資することに決めていた。

プロの公式練習ラウンドでは、選手の予約が完了してリストが出そろうと、主催側が記者やメディアに向けて公表する。リストを見た記者は、注目する選手のラウンド日時に合わせて、コースに取材にやってくる。本番ではないので、リラックスした選手は快くインタビューに応じることも多い。

大会によっては、一般客も練習ラウンドから観戦することができる場合もある。公式グッズが販売されるテントがコース内に設置されたり、選手はサインを求められたりすることもある。大会の運営方針など三浦の知るところではないが、少なくとも今回のサイカワ・レディースでは、観戦は記者のみと決めているようだった。

練習ラウンド初日、三浦とひまりが回っているときも、ちらほらと、こちらを観戦する記者たちの姿が目に入った。この大会の取材では、ピンクのゼッケンを着用するよう義務づけられているので、わかりやすい。『堕ちた選手、キャディとして復帰』。そんな見出しが書かれるのを想像した。

ベテランで知名度のある選手はもちろん、優勝候補には自然、とりまきとなる取材の記者が多く帯同する。

　一度、隣のコースを歩く木月深令を見かけた。キャディの逗子さくらも、しっかりと横にいた。三浦が足を止めたことで、ひまりも気づき、それを見つめる。距離は遠いので、ひまりたちの視線に、深令たちが気づく様子はない。彼女たちのそばには大勢の記者がついてまわっていた。

「やはり優勝候補の筆頭は、ついてくる記者の数も違うな」

「負けたくないです」

「記者の数を？」

「ゴルフをです」

　むすっと、ひまりが睨んでくる。笑ってかわす。

「負ければどの道、おれたちは終わりだ」

「わかりやすくプレッシャーをかけてきますね」

「好きだろ、そういうの」

「口調が変態です。まあ好きですけど」

　ひまりが視線をそらし、ボールを追って歩き始める。三浦もついていく。大丈夫。おれたちは自分のゴルフをすればいい。

　日曜日には、嫌でもその結果が明らかになる。

練習ラウンド二日目、木曜日。

調整の最終日で、大会の前日。

ティーイングエリアではひまりがストレッチをしている。クラブハウスをさっき通りかかったが、すれ違う選手の雰囲気も、昨日とは少し違っていた。みんな、本番に向けて集中力を高めている。

ストレッチを終えたひまりがやってくる。彼女のなかにも、適度な緊張感と、リラックスが同居しているようだった。

「今日はどういう風に練習しますか? 昨日はグリーンまわりを入念にチェックしましたけど。順目と逆目の位置はわかったし。あ、そういえばバンカーの固さはまだ確認してませんでしたよね。なら今日は……」

「今日はいいよ」

「え?」

本当は入念に練習するつもりだった。本番を意識して、スコアをつけようともした。

でも気が変わった。それもたったいま。

たまには、そんな判断があってもいいと思う。

「今日は自由にやっていい。気の向くままに打っていい。大会のこととか、木月深令のこととか、スポンサー契約がどうこうとか、気にしなくていいから」

「……いいんですか？」

「楽しめよ、プロゴルファー」

根拠はない。

ただの予感や、直感にすぎないけど。

中原ひまりには、きっとこういう時間が必要なのだ。

こらえていたものが、爆発したように、ひまりが歓声をあげた。

「やったぁ！」

バッグからドライバーを引き抜き、ティーイングエリアへ駆け戻っていく。ティペグを刺し、ボールを乗せる。打つのを待ちきれない様子が、その全身から伝わってくる。

素振りは一回。アドレスに入り、左肩を二回、指で叩く。根拠はなく、これまた経験に基づく直感にすぎなかったが、構えた瞬間、ひまりのそのショットが完璧になることがわかった。

のびのびと、テイクバック。

トップにクラブが落ち着き、そして振り抜く。

パアアアンッ！　と、インパクトの、気持ちの良い快音。ボールが突き上がるように飛んでいく。青空を、一点の白が埋める。

ここ数日のなかでは、一番のドライバーショットだった。自由にしていいと言ったとたんにこんな球を見せてくる。本当、わかりやすいやつだ。

ひまりが、どうだ、と笑顔を向けてくる。

本当に優勝できるかもしれない。彼女と出会ってから、初めてそう思った。

戦いが始まる。

第三章　開戦のドライバー

ひまりのスタートは六組目の、九時四十分から。ギャラリーが観戦しやすいよう、ツアーの公式戦ではスタート時刻が遅めに設定されている。最終組のスタートが十一時を越すこともめずらしくない。

　それでも早い選手は六時か七時には現地に入り、もくもくと練習、調整をする。ひまりが到着したころには、すでにパッティンググリーンは多くの選手で埋まっていた。グリーンの端の、わずかなスペースでボールを転がすしかない。

「打席、空いてたぞ」

　カントリークラブ内の練習場を見に行っていた三浦が戻ってくる。グリーンの練習はひとが減ってからでいい。ひまりたちは素早く移動し、練習場に向かう。

　昨日までの練習ラウンドとは、コース内の雰囲気はがらりと変わっている。クラブハウスの付近には、イベントや軽食、公式グッズ販売のテントがずらりと並んでいた。近くのスピーカーからは、繰り返し、ギャラリーの観戦マナーに関する放送が行われている。『スロープ内には立ち入らないでください』、『選手の撮影は禁止されています』、『混みあうスタートホールと最終ホールは、お早めにお席の確保をお願いします』。

選手やキャディだけじゃない。それを見にくる観客、大会の運営スタッフ、さまざまなひとたちが、「ゴルフ」を目的に一つのコースに集まっている。大会でしか味わえない空気だ。ひまりはこの空気が嫌いではなかった。大人の文化祭だ、と思う。

「おはよう。やってるね」

練習中、振り返ると斎川がいた。大会の主催企業、その会長。正体を知っている選手も何人かいたらしく、視線が集まるのを感じる。

「斎川さん、おはようございます」ひまりが応えた。

「邪魔はしないよ。すぐ去る。一言、応援してるとだけ伝えたくてね」

ひまりに話しかけることの許可を求めるように、斎川がそばに立つ三浦を見る。三浦も、どうぞ、と静かにうなずく。

「十年ぶりにこうして主催側として大会を運営できるのはもちろん嬉しい。だけどそれ以上に、私は中原ひまりと、三浦真人のファンなんだ。二人が同じコースを回るというだけで、一つの夢が叶った」

「その夢はまだ途中です」

ひまりはすぐに応える。

「優勝しますから」

声の大きさは気にしなかった。まわりの選手にもきっと届いただろうが、誰もひまりに嚙みついてくるものはいない。ただし、打球のインパクトの音が、それから少し、強くなった気がする。言葉の代わりに、ショットで返事をしている。斎川もそれを察したようで、満足そうに笑った。

「盛り上がる大会になりそうだ」

「スタートは九時四十分です」三浦が言った。

「もちろん、知ってる」

斎川が去る。練習を再開する。

三月から十一月を通して行われるレギュラーツアー。各会場では、十一月に行われる最後の大会以外、基本的に開会式は行われない。サイカワ・レディースオープンも同様だ。時間になれば選手がティーイングエリアに集まり、粛々と戦いを繰り広げる。

ひまりは本来、レギュラーツアーの後半戦にあたる、この大会には出場できないはずだった。賞金ランキング五十五位以内の選手しか資格を持たない。主催企業のサイカワに所属していることで、主催者推薦を受けられ、ここに立つことが許されている。

獲得賞金ランキングを、そのまま実力の差としてあらわすなら、この場にいる選手は全員、ひまりよりも強いゴルファーということになる。これから三日間、戦うすべての相手が、自分より格上。そのなかで優勝できなければ、ひまりたちに未来はない。

スタートの三十分前にパッティンググリーンに移動し、その日のパターの調子を確認する。風が吹いたほうをふと見ると、富士山がそびえている。観光で来ていれば、その大きさに圧倒され続けるだろう。見上げる格好で、視界の半分以上を日本一の山が覆うのは、山梨県ならではの光景だ。

「そろそろティーイングエリア、向かうぞ」

「はい」

ひまりのスタートはアウトの1番ホールから。選手の数が絞られる最終日以外は、アウトの1番、インの10番と、スタートするホールが組によって変わる。

ティーイングエリアにはすでに同じ組の選手である二組が到着していた。まわりはスタジアム形式の観客席となっていて、三方向からギャラリーが見下ろしてくる。練習ラウンドでスタートしていた場所と同じとは思えないほど、様子が様変わりするのだ。先に到着していた二組の選手たちは、見下ろしてくるギャラリーを気にする様子はない。ツアーを戦う選手には、日常茶飯事の光景だ。

ひまりたちは一組の選手たちの横にゴルフバッグを置く。ちらりと見ると、派手な装飾が施されたゴルフバッグが視界に飛び込んできた。パターや、フェアウェイウッド、それにドライバーにかけられたヘッドカバーは、どれもすべてキャラクター物だった。

プライベートであれば可愛げのある代物だが、戦いの場では少し浮いて見える。「なんだこれは」と、横の三浦もつぶやいた。

「なにじろじろ見てるの」

　はっとなり、声のするほうを向く。挑戦的な目つきがひまりを見上げてきた。小さな顔と、大きな瞳、それに長いまつげ。着ているウェアは花柄で、肩の部分は肌が少し透けて見える生地を使っている。ピンク色のベルトと、チェックのスカート。間違いなく、このバッグの持ち主だ。ネームプレート（ラメが施されていた）で名前を確認する。

『鴨野めぐ』とある。どこかで見たような気がした。

「ご、ごめんなさい。つい、その」

「おしゃれしてちゃ悪い？　スカート丈は短すぎないし、ウェアには襟もついてる。ゴルフキャップだって忘れてない。最低限のマナーは守ってるし、いままで大会の運営委員にも注意されたこと、ないよ」

　どうやらいままでにも、ひまりと同じような目つきでゴルフバッグを見ていたひとたちがいたらしい。鴨野めぐは不機嫌そうに、さらに詰め寄ってくる。ここぞとばかりに三浦は逃げる。怒った女性が怖いことを知っているらしい。

「あんた、中原ひまりでしょ。何歳？」

「……二十歳です」

「あたし二十一。ねえ、その年齢なら一度は考えたことない？　いまゴルフをしてなかったら、大学に通って普通に青春を謳歌してたかもしれない、とかさ」

わらび餅ラテの単語がひまりの頭に浮かんだ。渋谷の街でショッピングを楽しみ、わらび餅ラテを片手に写真を撮り合う女子大生たち。

「あたしたちはプロゴルファーだけど、それ以前に女子でしょう？　あたしはゴルフもおしゃれも、両方諦めたくないの。強くありたいし、可愛くありたいの」

ずい、とさらに近づいてくる。顔が近い。

「あたしに言わせればあんたのゴルフバッグのほうが地味すぎなのよ。見た目だってそう。身長はあんまりモデル向きじゃないけど、顔は良いんだから、ちゃんと化粧すればもっとまともになるのに」

「化粧なんてしたら、汗で落ちるんじゃ……」

「あーあ、そうやって若さにあぐらをかく」

鴨野めぐ。

ここまで会話をして、ようやくひまりはその名前を思い出した。ゴルフ専門のファッション雑誌『ライク』で、何度も表紙になっていたり、特集が組まれたりしている選手だ。これからゴルフを始めようとする女子なら、必ず手にする雑誌の一つ。中原ゴルフ練習場のラウンジにも、『ライク』の雑誌は必ず置かれている。

強さも可愛さも諦めない。そんな鴨野めぐのスタンスは、スポーツメーカーだけではなく、ファッションブランドの注目も集めていると聞く。結んでいるスポンサー契約のほとんどはアパレル関係のものらしい。最近では、アイドルとして活動を始めようとしている、なんていう噂もある。バッグを担いでいるのは事務所のマネージャーだと雑誌に書かれていた。見る限り、確かに男性だが、本当だろうか。そもそもアイドルと、どうやって両立させるのだろう。

「かっこいいと思います、鴨野さんの姿勢」ひまりは素直に言った。結果的に、それで鴨野の機嫌が少し収まったようだった。

「たくさんのギャラリーが観戦のためについてくる。ラウンドが終わればサインを求められもする。カップインして拍手が起これば、笑顔で手も振り返す。そういう部分だけ見れば、アイドルとも共通点があるでしょう？」

鴨野は言う。

「そしてあたしは、ゴルフでも負けない」

わかりやすい宣戦布告。フェアウェイを見ると、前の組がちょうど二打目を打ち終わるところだった。間もなくひまりたちの組のスタート時刻になる。

ひまりたちの元に足音が近づいてくる。もう一人の選手だった。

「今日は賑やかなラウンドになりそうね」

ネームプレートを見なくても、ひまりにはその選手が誰かわかった。若宮裕子。事前に組み合わせ表をもらい同じ組に名前を見つけたとき、どきりと心臓が跳ねた。

若宮裕子は、ひまりがゴルフを始める前から活躍していた選手だ。そしていまも現役として第一線で戦い、こうして同じ舞台に立っている。三浦真人のように、あこがれの選手として名前を挙げたことはないが、それでも、常に名前を見かける存在だった。

「若い子たちに置いていかれないようにしなくちゃ」

穏やかな笑顔を見せてくる。大人の余裕だ、とひまりは思った。このひとが少し笑うだけで、とたんに自分や鴨野さんは、子供になってしまう。

「それと三浦くん、久しぶりね」若宮が顔の向きを変えて言った。

「ご無沙汰しています」

「ずっと前にやった、スクランブルゴルフの選手権以来ね」

「あのときはお世話になりました。若宮さんに助けられた」

スクランブルゴルフとは、チームを組んで回る形式のラウンドだ。ここ数年で注目され、競技大会が開かれることも増えてきている。ひまりはまだ参加したことがない。三浦は若宮と組んで参加したことがあるのだろう。頭の上がらない相手らしく、三浦は常に低姿勢だった。

「あそこにいる私のキャディ、甥っ子なんだけど、あなたのファンなの。あとでサインしてあげてくれない?」

「ラウンドが終わったら、ぜひ」

若宮が指さす先で、青年が気づき、手を振ってくる。明るく温厚そうな印象のひとだった。いまは鴨野のキャディと会話をしているところだった。

「それにしても、あなたがキャディをするなんて意外だった」

「僕もです」

「どんな活躍をするのか、楽しみね」

「お言葉ですが」

三浦が続ける。

「僕ばかり見てると、足元をすくわれますよ」

発言の意図に気づき、若宮がひまりを見てくる。不敵に笑った。こめられた感情の意味はわからなかったが、さっきの穏やかな笑顔とは、明らかに種類の違うものだった。

「楽しみにしてる」

若宮が言い置いて、去っていく。

「主催者推薦で選ばれたあんたにも、そしてあのおばさんにも、あたしは負けない」

鴨野も戻っていく。気づいた鴨野のキャディが、若宮のキャディとの会話を終えて、彼女の元へ向かう。ぺこぺこと頭を下げていた。マネージャーというのは本当なのか。

そして九時四十分。いよいよスタートの時刻だ。

打順は若宮、鴨野、そして最後がひまり。

フェアウェイウッドを握った若宮がティーイングエリア、中央に立つ。ティペグを刺し、ボールを乗せるころには、まわりのギャラリー席からもぴたりと会話が途絶える。

「よろしくお願いします」

若宮が同伴競技者である自分たち、そしてギャラリー、これからラウンドするコースに向かって順番にお辞儀していく。競技の基本的なマナーだ。挨拶ひとつ取ってみても、その動きが洗練されているのがひまりにはわかった。

ボールと目標の延長線上に立ち、ヘッドを芝生の上に乗せる。木月深令の動作に少し似ていた。

素振りを二回、そしてアドレスに入る。見本のような構えだった。

テイクバックと同時に、体重移動がしっかりと行われていることが見える。トップにクラブが落ち着き、そしてダウンスイングで加速。トップスピードになるのはボールから先、インパクトの瞬間。長いゴルフの歴史のなか、先人たちが積み重ね、研究された末にたどりついた、スタンダードなスイング。

正しいスイングには正しい結果（ボール）がついてくる。ボールはフェアウェイの真ん中、これ以上ない地点に落下する。スタンド席から拍手が起こる。

「あのひとのスイングはきれいで、実際、何冊もの教材に取り上げられているくらいだ。みんな見惚れる」三浦が言った。

拍手が鳴りやまないうちに、鴨野が代わってティーイングエリアに入る。ずかずか、と大股だった。彼女が握っているのもフェアウェイウッドだった。

「お願いします」

230ヤード先からはフェアウェイが狭くなり、さらに左右にはバンカーも待ち構えている。コースの地形も理由の一つだろうが、最初のホール、その一打目でドライバーを振る選手が意外に多くないことを、ひまりはプロになってから学んでいた。体が温まっていないうちに、十四本のクラブのなかでもミスを犯しやすいドライバーを使うのは、リスクがある。挑戦的な態度でいるように見えて、鴨野もきちんと理性でゴルフをしていた。

鴨野のショットは、若宮のスイングを見たあとだからだろうか、やや肩に力が入り、強引に力で飛ばしているような印象を受けた。それでもボールは危なげなく、220ヤード地点のフェアウェイに運ばれていった。若宮の5ヤードほど前だ。スタンド席からまた、拍手が起こる。

最後はひまりの番だ。普段なら迷わずドライバーを選ぶ場面。でも今回は違った。いままでと一番違うのは、同伴競技者の存在が、ひまりのなかにあることだ。顔と名前、そして声も、しっかりと。良い意味でも悪い意味でも、これまでのゴルフに、「ほかの競技者の存在」というプレッシャーはひまりにはなかった。

どうする。二人のように、フェアウェイウッドで行くべきだろうか。ドライバーほどわくわくはしない。安全な策。でも、考えるほど、ドライバーを選ぶ理由がなくなっていくような気がした。フェアウェイも狭くなる。ラフに逸れればまだ可能性はあるが、左右のバンカーに入れば2オンは難しくなる。出だしからつまずきたくはない。

「三浦さん、わたしもフェアウェイウッドを……」

振り返って、言いかけた瞬間だった。

三浦はバッグからドライバーを引き抜き、こちらに渡してきていた。え？　と声が裏返る。フェアウェイウッドと間違えて差し出しているのだろうか。いや、そうではない。三浦の、挑むような目つきを見る。これではいつもと、立場が逆だ。

「何萎縮してんだよ。練習場でまわりに喧嘩を売ってたくせに」

「い、萎縮してるわけじゃ……」

「でもまあ、安心した。お前でも緊張はするんだな」

「ひとをなんだと思ってるんですか」

いままでとは違う。

視点が増えた。見えるものが増えた。何より、キャディは三浦だ。

「こんな感覚、初めてなんです。ほかの競技者が、若宮さんはもちろん、鴨野さんも、存在がとても大きく見える」

「お前が推薦者枠で出場してるからか？」

三浦はひまりの図星をついてくる。それも萎縮する理由の一つだった。

「関係ないね。お前だって選ばれてここに立っているんだろ。始める前から結果におびえるなよ。そもそもおれたちは、こんなところでつまずいてる場合じゃない」

三浦の言葉が、じわり、じわりと、体のなかにしみ込んでいく。そのとおりだった。ここに選ばれて立っている。推薦枠だろうが関係なく、一人の選手として、いまから戦いを始める。

目標は優勝で、そして、木月深令に勝つことだ。わたしはそこにいく。最終日にラウンドをする。自分のゴルフであなたに勝つ。

「見せつけてやれよ、『これがわたしのゴルフだ』って」

三浦の最後のひと押しで、ひまりはドライバーを摑んだ。迷いはもうなかった。

ティペグを刺し、ボールを乗せる。

フェアウェイがとても広く感じた。整理すれば簡単だ。幅数十メートルの間に、たった数センチの物体を落としてやるだけ。

ボールと目標の間に線を引く。素振りは一回。アドレスに入り、左肩を二回、指で叩く。信頼してきたルーティン。いまはあこがれのひとも、そばにいてくれる。感覚がそれを告げてくる。

ゆったりとテイクバック、そしてトップの位置にクラブが置かれる。

ダウンスイングから、一気にインパクト。パアアンッ！　と、はじける打球の音を、自分の耳でもしっかりと拾う。そしてフィニッシュへ。

ボールが落ちる前に、スタンド席からどよめきと歓声があがった。空に突き抜ける打球は、狭いフェアウェイとバンカーの間を越えていった。気持ちが良かった。大好きな球筋だった。これがわたしのゴルフだ。

ひまりは振り返る。ライバルたちが見つめてくる。その目つきに、どんな感情がこめられているかなど、関係ない。みんなまとめて、置き去りにするだけだ。

マナーを思い出して、ひまりは頭を下げた。

「よろしくお願いします」

◆

なんとか良いスタートが切れた。三浦自身の調子も悪くない。体のなかの酒は完全に抜けきっている。練習ラウンドに向かうために車を運転していたから、必然的に、ここ最近は酒の量が減っていた。最後に飲んだのも、ここに向かう前日、飯川の居酒屋で酔いつぶれて以来だ。

「残り90ヤード。風はフォローだ。が、グリーンまでは打ち上げだから、番手は気にしなくていい。90ヤードをしっかり狙うつもりで打て」

「はいっ」

そわそわと、餌を待つ犬のように三浦を見つめてくる。クラブを振りたくて仕方がない様子だ。その元気が空回りしないかだけが心配だった。ひまりに餌、ではなくピッチングウェッジを渡し、若宮と鴨野の二打目を待つ。グリーンに遠いものから順番に打っていくので、最初は若宮だ。

若宮の二打目も、相変わらず、お手本のようなスイングだった。危なげなく、グリーンオンする。距離は7ヤードというところ。ラインを読みきればバーディももちろん狙える。

「本当にきれいなスイングですね」ひまりが言った。

「あのひとがスイング指導をするテレビ番組を見たこともある」

三浦よりも長いゴルフ人生のなかで、きっといくつものスイングを試してきたのだろう。自分に合うスイングはどんなものがあるだろうか。手首のコックを少し早くしてみようか。テイクバックをもっと遅く引いてみようか。体重移動はスムーズに行えているか。そうやって試行錯誤するうち、若宮裕子がたどりついたのは、基本に忠実な、スタンダードなスイング。ある意味、真理といえるかもしれない。

二番目にグリーンに近い、鴨野の番になる。キャディと相談し、グリーンを見つめる目つきはゴルファーのそれだ。ここをファッションショーのランウェイだと思っているわけでは、ないらしい。戦いの場であることをきちんと理解している。

鴨野の二打目はピンを10ヤードほどオーバーした。悔しがるように首を横に振る。キャディとの会話は聞こえないが、指を上に向けるジェスチャーから、風に影響を受けたのだとわかった。

ひまりにも言っておくべきだと思った。フォローは思ったよりも強いかもしれない。ここは90ヤードの意識ではなく、もう少し短めの距離だ。

「なあ中原……」

振り返った瞬間、ひまりがテイクバックを始めているのを見て叫びそうになった。ゴルファーの意地にかけて三浦はその衝動を抑えこむ。そんなことをすれば、スイングは間違いなく乱れ、ボールはあらぬ方向に飛んでいく。というかふざけるな。キャディが目を離したすきにスイングを始める選手がどこにいる。

バシッ！　芝がめくれる音。めくれたのはボールから先で、しっかりターフが取れていた。ピンポイントに落とすことができれば、しっかりとスピンがかかる。

「行け」

ひまりが唱えると同時、その魔法に応えるかのように、ボールがグリーンに着地する。スピンがかかり、一メートルほどバックする。

グリーンのまわりで観戦するギャラリーがどよめいた。ボールはピン横五センチに止まっていた。あわやチップインイーグル。

そういえば思い出した。中原ひまりをあるゴルフ雑誌がこう評していたことを。『意表をつくプレー』。なるほど、おれは一番近くでそれを実感している。

出だしは上々だ。これで完全に、ひまりも波に乗れた。ショットにも自信がつき、のびのびとスイングができる。

問題があるとすれば、例のアレだ。三浦の理性的なゴルフと、ひまりの楽しむゴルフを両立するために提案した、妥協案。

どこでひまりが宣言してくるか、身構えておかないといけない。

意表をつくゴルファーのわがままは早々にやってきた。6番ホール、490ヤードのパー5。その二打目のことだった。ここまで5ホールを終えて、バーディは二つ。理想的なペースといえるなか、三浦が警戒していた例の宣言が、ひまりの口をついて出た。

「三浦さん、『チャレンジ』です」

「げ」

「露骨に嫌がらないでください」

ボールはフェアウェイの中央。グリーンまでわずかに右にドッグレッグしているが、ピンは見える位置にある。グリーンの手前までフェアウェイウッドで運べば、バーディの可能性もぐんとあがる。誰もが間違いなくウッドを選ぶ場面だ。三浦も、そうひまりにアドバイスをした。そしてこういう場面でこそ、ひまりは『チャレンジ』をしかけてくる。

「ドライバーをください」

「直ドラをやる気か？」

ティアップして一打目に飛ばす武器。確実な場所にボールを置き、二打目を楽にする。それが本来のドライバーの役割だ。そのドライバーをフェアウェイで使う。ティを刺さず、直に芝に置かれたボールを打つ。だから略して、直ドラと呼ばれる。

「別に前例がないわけじゃないでしょう？」

「ロリー・マキロイのつもりかよ。女子プロにはめったにいないぞ」

本来、迷う場面ではないところで三浦とひまりが言い争いを始めているのを、鴨野と若宮も察し始めた。長引けば遅延行為につながり、ペナルティを食らう。勢いを落としたくはないので、しぶしぶドライバーを渡すことにした。もう一度鴨野たちを見ると、眉を寄せて、理解しがたいものを見る顔になっていた。ベテランの若宮でさえ苦笑いだ。

「頼むぞ、ほんと頼むぞ。意味わからない方向に飛んでいくとかやめてくれよ」

「大丈夫です。今日はこれが一番、わくわくするんです」

「言っておくが一回使ったんだからな。ちゃんとカウントするからな」

「いってきます！」

「なんだその返事は！　聞こえないフリか！　おい！」

まだまだ言い足りないが、ひまりがショットのルーティンに入ってしまった。そこから先は、ひまり一人の世界だ。キャディは決して立ち入れない。

素振りは一回、アドレスに入り、左肩を二回叩く。自分とそっくりなルーティン。ひまりはいつだって三浦真人を指針にしてきたと語っていた。過去のおれも、この場面でドライバーを抜いただろうか。ありえない。さすがのおれも、ここでならフェアウェイウッドを使う。やっぱりこいつはおかしい。

テイクバックも、トップにおさまるヘッドの位置も、そしてダウンスイングからフィニッシュまで、すべてティショットと同じリズムだった。信じられない。通常と違うショットなら、たいていは気が急いて、どこかに綻びが出るはずなのに。

パアアンッ！　と、フェアウェイから鳴るはずのない、インパクトの音。通り過ぎようとしていたギャラリーも、ひまりが握っているクラブに気づいて、思わず足を止めていた。

ボールがまっすぐピンに向かう。距離も充分だ。いや、充分すぎる？

「あ、ちょっと打ちすぎたかも」

「ひいいっ！」思わず叫んだ。ひとのショットを見て悲鳴をあげたのは初めてだった。

落下直前でスライス回転がかかり、ボールはグリーンをオーバーした先の土手、ラフに飛び込んでいった。ギャラリーが避けるのが見えた。

「大丈夫ですよ、三浦さん。OBじゃありません。それにあそこからでもグリーン、充分狙えますよ。距離は稼ぎました」

「心臓に悪すぎる……」

「楽しかったっ」

無邪気に笑う。いまこそ初めて会ったときに引っくり返された仕返しをしてやるべきかもしれない。ギャラリーがいなければ本当に決意しているところだった。

「こんなことがあと二回もあるのか」

二回目は林からのリカバリーショットだった。飛びすぎたドライバーがフックし、ラフを運悪くバウンドし、木々が生い茂る地点まで転がってしまった。ここまで3バーディ、ノーボギー。完璧なゴルフだった。初めてスコアを一つ落とすかもしれない。覚悟が必要な場面だった。

「まずは素直に横に出して、三打目でグリーンを狙おう。パーなら充分だし、ボギーでもかまわない」

「三浦さん、『チャレンジ』です」

「おい勘弁してくれ……」

「んふふ」

「奇妙に体をくねらせるな。おねだりのつもりか。二度とやめろ」

こんな状況でも楽しんでいる。1番ホールのティーイングエリアで緊張していたやつと、同じ人間とは思えない。コースに出ればもう、その衝動を抑えられないのだ。公式の大会だろうと、同伴競技者がいようと（むしろ視野の広がったいまのひまりには、ライバルは起爆剤にすらなっている）、ギャラリーが見ていようと、関係ないのだ。

「まっすぐピンを狙います。林の間に隙間があるので、そこから60ヤード出せれば」

「ある程度低くボールが出せて、しかもブレがなくまっすぐ狙いやすいクラブってなんだ。６番アイアンあたりか？」

「パターです」

「ぱ……」

またもや叫びそうになるのを、三浦はこらえなければならなかった。今日中に、力みすぎてどこかで血管が切れそうだ。

林の外、フェアウェイでは鴨野が二打目を打っているところだった。グリーンオンし、ギャラリーから拍手が起こる。応えるようにアイドル風の笑顔で手を振り返している。

若宮がアドレスに入り始める。他の選手のショットは充分な情報になるし、ボールの行方を見ておきたいところだが、いまはそれどころではなかった。ひまりに詰めより、ひそひそ声で訴える。

「ふざけるな！ さっきの直ドラといい、曲芸大会じゃないんだぞ」

「前に一回やったことがあります。上手くいきました」

「前にやったのかよ……」

どうなってるんだ、こいつのゴルフ。今日ほど頭が痛い日はない。いままでの練習ラウンドでは、その本性を出していなかっただけなのか。だとしたら無自覚の策士だ。

「ゴルフはミスをするスポーツでしょう？ 上手くいくショットのほうが少ない。ならクラブをきれいに振るのが目的じゃなくて、この林からいかに脱出して、ピンに寄せるかが目的のはずです。それを達成できるなら、どんなクラブを使ってもいい」

またもや鴨野と若宮の二人がこちらを見つめている。グリーンを見ると、球が二つ乗っていた。若宮も危なげなく、グリーンオンしたらしい。若宮のキャディといまだけ交代したいと三浦は思った。確かおれのファンだと言っていた。頼みこんだら本当に応じてくれるかもしれない。

「『チャレンジ』、まだ残ってますよね？　約束してくれましたよね？」

いよいよ覚悟を決めるしかなかった。現実逃避はやめて、バッグからパターを取り出し、そっと渡す。ひまりが容赦なくそれをふんだくり、のびのびと素振りを始める。鴨野たちがこちらを見つめる目つきも、どことなく同情的な気配を感じる。

ルーティンは同じ。気味が悪いほどいつもどおり。

そして林のなか、芝生のない土の地面に置かれたボールに向かって、パターを構える。

ここはグリーンではない。グリーンはまだ60ヤードも先にある。

ゆるやかにテイクバック、トップの位置にパターのヘッドがおさまる。本来なら、ありえない位置。

そしてダウンスイング。ぶおん、という、聞いたことのない、風を切る音が耳に届く。

次の瞬間、カアアアン！　とインパクト。

ボールが木々の間を抜け、糸を引くようにまっすぐ飛んでいった。フェアウェイを転がり、その勢いはとまらず、グリーンオンを果たす。ミラクルショットであるはずなのに、ギャラリーすらも拍手を忘れていた。林から出たところで、ようやく歓声が聞こえてきた。気づけばひとが増え、予選初日とは思えない盛り上がりだった。

グリーンに向かっていると、鴨野がずかずかと寄ってきて、ひまりに叫ぶ。

「なんであんなのが寄るのよ！」

「えへへぇ」

「体をくねらせるな！　きもい！」

結局、このホールは見事にパーでおさめた。

3アンダーを維持して、前半を終えた。

後半もひまりの勢いは止まらなかった。もちろん打つショットすべてが上手くいき、どれもがピンに寄ったわけではない。それでもスコアを稼げたのは、大事な部分ではきちんとパットが決まり、ピンチの場面も適切に切り抜けられたからだった。

パー3の、それほど難易度が高くない、打ちおろしのコースでひまりはつまずいた。一打目をグリーン奥のバンカーに入れて、二打目のバンカーショットも派手にトップし、グリーンの端まで転がってしまった。長いパーパットが残る。気づけばあっという間にボギーのピンチだ。ひまりもそれを覚悟しているようだった。そして選手が弱気になりかけたときこそ、キャディの出番だ。

「どうしましょう、カップまで十四メートルはありますよね。登ってるし、フックもしてる。難しいライン」

「いいや、お前が考えてるほど意地悪なラインじゃないよ」

「え？」

「おれたちの後ろには、富士山があるだろ」

翡翠カントリークラブは標高の低い丘陵コースでありながらも、山岳コースの一面も持ち合わせている。山岳コースでは、まわりの山々から吹き込む風の影響を受けて、グリーンの芝目に、順目と逆目という、わかりやすい違いがあらわれる。順目とはカップに向かって芝が伸びており、ボールが転がりやすい状態。反対の逆目はカップから外側に向かって芝が生えているので、転がりにくく強めのパットが必要になる状態だ。

この順目と逆目を、グリーンキーパーが意図的に操作している場合もあれば、自然の風が影響してつくられることもある。翡翠カントリークラブの近くには、日本一高い山、富士山をはじめとした山々がそびえている。必然、その一方向から風が降りてきて、グリーンの芝目に影響を与える。しかもこのコースで使われているのは、芝目が出やすいといわれる高麗芝。ゴルフのプレーには、多くの自然が試練となって襲いかかる。

「ここはまわりに障害物がない、開けたホールだ。富士山や周囲の山からの風の影響を、グリーンはもろに受けている」

「富士山が後ろにあるってことは、このグリーンは順目ですね」

「だから登りの傾斜はほとんど気にしなくていい。わずかにフックもしているが、芝目のほうが強いから」

「見た目ほど曲がらない。このラインはすべてまやかしで、わたしが打つべきなのは」

「ストレートだ」

方針が決まり、パターを差し出す。そういえば、こいつのバッグを担ぐきっかけになったのも、パターだった。三浦のラインを信じて、ひまりは迷いなくパットを決めた。

そして、今回も。

鴨野と若宮たちが見守るなか、ひまりがパターを振る。迷いのないストローク、そしてボールが転がりだす。

傾斜をまっすぐ登っていく。フックラインにさしかかるが、予想どおり、芝目が強く、ほとんど曲がらない。

カップにボールが吸い込まれ、コン、と金属の小気味良い音があたりに響く。このパットは、バーディやイーグルよりも価値のあるパーだと思った。

「なんであれが入るのよ!」鴨野がまた吠えた。

「えへへぇ」

「にやけるな!」

グリーンの端には、青いジャージを着た女性の大会運営スタッフが立っている。スコアボードを持ち、現在の自分たちのスコアを知らせてくれる。

鴨野は『0』のイーブンパーで、若宮は『-1』の1アンダー。ひまりの名前の横には

『-5』の表示がある。二人を大きく引き離していた。

次のホールに向かって歩いているとき、選手全体のスコアが表示される、電光掲示板の前を通りかかった。そこにある他の選手のスコアの状態に気づき、三浦ははっとする。横を歩くひまりは掲示板を見向きもしていなかった。次のホールのことに夢中で、どうやら気づいていないらしい。三浦は黙っておくことにした。

５アンダーは、初日全体の首位スコアでもあった。

気づけば最終、18番ホールに来ていた。パー5の520ヤード。翡翠カントリー最長のコースで、しかもグリーン手前には池が待ち構えている。2オンはまず無茶だ。だがひまりのことだから、何を言い出すかわからない。チャレンジも実はまだ一回分残っていた。三浦はいつ、ひまりが「フェアウェイウッドでまっすぐ2オンを狙います」と言ってくるか、びくびくしていた。

しかし想像していた光景にはならなかった。ひまりはユーティリティウッドで、安全な右のフェアウェイにボールを運んだ。ひまりの意図はわからなかったが、とにかくそれが、彼女のいうところである「わくわくするショット」だったらしい。三浦の指針とも一致していたので、大きく胸を撫でおろす。

三打目は残り60ヤード。最後の一打をカップに沈め、ラウンドが終わるまでは決して油断はできないのは事実だ。だけどここまで来れば、もう、大丈夫だ。少なくとも、今日のひまりであれば大きなミスはしないだろう。

三打目の地点まで歩いていると、若宮がやってきた。会話をするのは1番ホールのティーイングエリア以来だろうか。ひまりは前を歩いていて、自分たちの声は聞こえない。

「今日は完全にやられたわ」

「足元をすくわれると言ったでしょう?」

事実上の降服宣言といえた。初日の終わりはもうすぐそこ。ベテランの若宮でさえ、もうひまりがミスをすることはないと確信したようだ。見ると、鴨野も負けを認めているのか、不機嫌そうな顔で歩いている。アイドルの笑顔を浮かべている余裕はない。

「聞いていた子と少し違ったわね、中原ひまり」

「意表をつくプレーは不充分でした?」

「そっちじゃなくて、『波がある』っていう噂のほう。今日のラウンドでもそれを期待してたんだけど、ずっと調子がよかった。おかげでこっちがすっかり呑まれちゃった」

「明日はどうなるかわかりませんけどね。それこそ、波があるらしいし」

「中原さんのプレーは前にもちらりと見たことがあるけど、若さを爆発させてる、っていう印象だった。本能にあらがえず欲求で行動するような。今日も何度かそれを見たし」

フェアウェイからドライバーを打ったり。

林からパターを打ったり。

「でも、一方で理性的なプレーもすごく目立ってた。あれはこれまでの中原さんにはなかったものね」

「僕がいますからね」

「なるほど、あなたが『理性』の役目なのね」

「ブレーキペダルが何回か作動しないこともありますが」

笑い合う。戦いの、ピリついた空気が徐々に緩和される。

鴨野が三打目を打つ。グリーンをとらえられず、カラーに止まる。ゴルフはミスをするスポーツ。

「中原さんが『力』で突き進んで、あなたが『理性』で彼女を導く」

若宮が言う。

「それって、最強ね」

◆

パターを構える。アドレスに入った瞬間、視野が狭まり、ボールの一点に意識が集中する。今日はディンプルまでよく見えた。富士山はカップの向こうにそびえている。逆目だから、しっかりと打つ。打ったあとは顔を上げない。ボールの行方は気になるけど、それで顔や体を起こせば、ストロークがブレる。

芝生の上をボールが滑る、かすかな音。ゆっくりと顔を上げる。と同時、カコン、とカップのなかにボールが吸い込まれる。

「よし！　次！」

「何が次だバカ、もう終わりだ」

「へ？」

「お前のラウンドはいつから19番ホールが存在するようになったんだよ」

ピンフラッグを見る。旗にはカントリークラブのロゴマークと、「18」という数字が印字されている。最終ホールだと忘れていた。気づかなかった。

無我夢中だった。若宮や鴨野がナイスショットをするたびに、自分もと意気込んだ。二人に食らいつこうと必死だった。そうしている時間が、すごく楽しかった。

間抜け呼ばわりされることを覚悟して、三浦に訊く。

「わたし、スコアは？」

三浦は返事の代わりにスコアボードを指す。クラブハウスの近くに設置された、全選手のスコアが確認できる電光掲示板。

上から順番に探していく。なるべく上位にいれば、翌日も余裕を持って戦いやすい。

予選通過がぐっと現実的になる。

名前はすぐに見つかった。なぜなら、一番上にあったからだ。

【(1)　中原ひまり　-6　65】

65。6アンダー。

「わたし、六つもバーディとれてたの？」

「正確には七つだ。後半で一回ボギーやってる。ま、それでも上々だ」

夢見心地だった。体がまだふわふわと浮いていた。地面と靴の間にもう一つ、何かゴム製の板でも置かれているような感覚だった。

クラブハウスに入り、競技委員が待つアテンドエリアに向かう。スコアを確認し、カードを提出する。若宮と鴨野のスコアもようやくそこで知った。若宮は2アンダー。鴨野は1アンダー。

「ほんと振り回された。あんたと回ってると十打多く打ってる気分になる」

「鴨野さん」

「明日は同じ組にならないことを祈るわ」

「鴨野さんとなら、明日も一緒がいいです」

冗談じゃない、と吐き捨てるように鴨野が言って、去って行った。最後に肩をとん、と小突かれる。彼女なりのねぎらいと受け取る。

若宮は「初日、まずはおめでとう」とシンプルに言い残して、握手をかわし、去って行った。若宮のキャディは三浦からサインをもらっていた。

「おれたちも帰るぞ」三浦が言った。

「居残り練習、してちゃだめですか？」

まだ体がそわそわしていた。力が有り余っている。百メートル走をしていて、七十メートルのところで急に呼びとめられてしまったような、中途半端な気持ちだ。

「やめとけ。今日はまだ体力があるかもしれないが、明日はもっと神経をすり減らす。いまのうちに休養しろ。練習ラウンドも含めて、ここ三日間、ぶっ通しでラウンドしてるんだからな」

「……わかりました。じゃあ、お風呂入ってきていいですか？　ここの大浴場、桧使ってるって有名なんです」

「ロビーで待ってる」

一度解散し、更衣室に向かう。着替えを持ってそのまま大浴場へ。どのカントリークラブにも必ずといっていいほどある設備だ。気前のいいコースでは露天風呂もある。ゴルフのあとのご褒美だ。

タイミングが良かったのか、大浴場には思ったほどほかの選手はいなかった。鴨野も若宮も帰ったらしい。もしくは練習しているのかもしれない。やっぱり脱いだ服をまた着直して、こっそり練習場にいこうか。

休養も仕事のうちだ、と怒る三浦の姿がよぎった。気が変わらないうちにシャワーを浴びることにした。

温水が皮膚の表面をすべっていく。じんわりと、温まっていく。張りつめていた意識と筋肉が、弛緩していくのがわかった。早く体を洗って浴槽のなかに全身を溶け込ませたかった。

「ずいぶんせわしなく体を洗うのね」

「へ？」

シャンプーの泡でおおわれた視界の外から、声がする。横を見ると、木月深令が座ってシャワーを流していた。

何かの幻かと思った。目を見開くと、もろにシャンプーの泡が入ってしまい、痛みにうめいた。慌てて洗い流し、再度、横を確認する。静かに体を洗う木月深令がいた。

その肩に、背中に、濡れた髪が張り付いている。シャワーの湯が、皮膚の上ではじかれて飛ぶ。白い肌。細い腕。同じ女性の体に、これほど見入るのは初めてだった。

「き、き、木月さん」

「そこのリンス、髪がごわごわになるから、使わないほうがいい。シャンプーはまだマシだけど」

「は、はあ」

「あと深令でいい。知りあいはほとんど名前で呼ぶ」

「いや、でも」

ためらうと、そこで初めて深令がこちらを向いてくる。大きな瞳。その瞳に動揺し、固まるひまりの体が反射して映る。

「……深令さん」

「うん。初日トップおめでとう、中原さん」

顔をそらされ、会話が再開する。自分には名前で呼べと言ったくせに、向こうはこちらに対して名字のままだった。

「深令さんは」

「4アンダー。四位」

「そうですか」

実を言えば深令のスコアは知っていた。自分のスコアを見たあと、まっさきに探したのが彼女のスコアだった。ひまりのすぐ下に4アンダーが三人いて、そのうちの一人が深令だった。

体を洗い終える。浴槽に飛び込みたい欲求はすでにしぼんでいる。気を抜くと、横に座る深令にまた見入ってしまう。観察してしまう。肩はわたしのほうが広いかな。腕の太さは同じくらい？　首の太さはどうだろう？　うっすらと日焼けしている跡が見える。腰のラインがすごくきれい。脚も細い。太もも、肌の上にのる、水の滴。股のほうへと流れていく。

きゅ、とシャワーの蛇口をしめる音で我に返る。あわてて目をそらす。深令が先に立ち上がり、浴槽に向かっていった。ちらりと一度振り向いてきた。一緒にこないの？と言われた気分になった。立ち上がり、ついていった。

足の指先から、膝、腰、そして肩、首、全身を浴槽に入れていく。シャワーよりも温かい温水が体を包む。先に入っていた深令が距離を詰めてくる。あう、と変な声がでた。どうやら自分は、意表をつくのは得意でも、つかれるのは苦手らしい。

額に汗が噴き出てくるのを感じる。深令の首のあたりから湯気が上るのを見つめていると、彼女が言った。

「あなたが首位に立っても驚かなかった」

他の選手はすでにあがり、浴場には二人だけだった。広いスペースのなか、不自然なほど近く、身を寄せ合う。のぼせて、少しよろければ、肩が触れそうだった。

「三浦さんがキャディをしているんだもの。結果が出ないほうがおかしい」

「そうですね、今日もたくさん、助けられました」

ひまりは18番ホールのことを思い出していた。二打目でユーティリティウッドを使った。彼女を知らないころのひまりは、無謀な池越えを狙っていたかもしれない。でもいまは違う。あの瞬間、考えが頭をよぎったのだ。木月深令ならどうするか。自分はそれを実行できるか。そして浮かんだ答えに、一番、わくわくした。

浴槽の隅の蛇口から、温水が流れ始める。その音が空間を満たしていく。湯気とともに、まわりにただよう。

「深令さんも、過去に三浦さんから指導を受けていたんですよね」

「うん」

「その、どんな感じだったんですか？」

「短い期間だったし、かわした会話もそれほど多くないけど、そばであのひとのスイングを見た。ショットを見て学んだ。私も自分のゴルフを見せた」

お互いの裸を見せた、と言われたような、そんな色気のあるニュアンスに感じられた。裸の深令がすぐ真横にいるからだろうか。心臓がばくばく、と鼓動を打つ。脈がどんどん速くなっている。

「私は、三浦真人のゴルフが好き」

すぐに言葉が返せなかった。驚いただけじゃない。かっこいいと思ったからだ。

堂々と、言いきる彼女は凜々しくて。自分だったらそんなにまっすぐ、告白できるだろうかと、考えてしまう。

「私はあのひとがゴルフをしているところが、また見たい」

わたしもだ。三浦真人がクラブを振っているところを見たい。

そう答えようとした。その前に彼女が続けた。

「それが叶わないなら、せめて私のそばでバッグを担いでほしいと思う。あなたじゃなくて、私のところで」

自分のほうが彼の横にふさわしい。そういうメッセージ。深令はひまりたちの事情を知っているのだろうか。優勝できなければスポンサー契約は打ち切られることを。結果を残せなければ、ゴルフの道を断たれることを。

「三浦さんの怪我は、とっくに治っていてもおかしくないのに」

ああ、やばい。もうだめだ、のぼせる。

浴場で三浦真人に関する話題で会話をするのは、よくない。体への負担が大きすぎる。それもよりにもよって話し相手は、一番のライバルと決めた木月深令だ。ラウンドをしているわけでもないのに、どっと体力が削られる。もう一度18ホールやり直せと言われたほうがまだ楽だ。

「いやあ、それにしても広い浴場ですよね。桧もいい匂い」

話題を変えようと思った。

「ところでキャディのひとはいないんですか?」

「さくらのこと？」

「そうです。逗子さくらさん」

天然パーマの女子。とろんと垂れた目尻が印象的だった。ほわほわとした雰囲気のある、やさしそうな子。

「あの子は所用があるから来ない」

「所用？」

深令は薄く笑みを浮かべて、こう答えた。ひまりが彼女の笑みを見たのは、これが初めてだった。

「たぶんいまごろ、宣戦布告してるはず」

◆

ロビーのソファに腰かけていると、近づいてくる足音があった。特に相手も見ずに三浦は答えた。

「遅いぞ中原。のんびりしすぎだ」

「あ、ごめんなさい。ひまりちゃんじゃないんです」

ひまりとは高さの違う声。振り返ると、見覚えのある女子がいた。垂れた目尻と黒髪の天然パーマ。深令のキャディの、逗子さくらだ。

「ごめん、てっきりあいつかと。お疲れ様」

「お疲れ様です。初日トップ、おめでとうございます」

「おれがクラブを振ったわけじゃないけどね」

「みーちゃんは『三浦さんのおかげだ』って言ってました」

数年前、深令を指導したときもこの子はそばにいた。くっついてコースを回っていたのを覚えている。確かそのときはまだ、プロキャディの資格はなかった。高校時代は自身もゴルフをしていたと聞く。ゴルファーの気持ちとキャディの気持ち、両方を理解しているという意味では、いまの三浦と共通点がある。

「中原ならまだ大浴場のほうにいると思うけど」

「知ってます。みーちゃんもそっちにいます。たぶんいまごろ、二人でお話してるんじゃないかな？」

中原が深令と二人で？　いったいどんな会話をするんだ？　想像してみると、面白そうだった。ひまりが意外と人見知りなことは、飯川の居酒屋で証明されている。翻弄されているあいつを少し見てみたい気になる。いまだけは自分が男であることが惜しい。

「わたし、三浦さんに会いにきたんです」

「おれに？」

「はい。いまのうちにはっきりと、お伝えしておこうと思って」

声のトーン、そして目つきが一瞬で変わる。時計の針を遅くしてしまうような、のんびりとした雰囲気が、どこかに消えさる。瞬間的に身を守りたくなる衝動にかられた。逗子の手に何か凶器は握られていないかと、思わず探しそうになった。

「みーちゃんの横は渡しません。たとえあなたであっても、絶対に。わたしがあの子のバッグを担ぎます」

「……それは、おれが深令のキャディになると心配しているのか？」

三浦は続ける。

「きみの位置を脅かすつもりはないよ。深令にもそう伝えてある」

「どうなるかわかりません。今日できていたことが、明日にはできなくなっている。今日起きていなかったことが、明日にはがらりと変わっている。世の中ってそういうものでしょう？　特にこの世界では」

だから宣言しにきたんです。警告にきたんです。釘を刺しにきたんです。逗子はそうまくしたてた。この子の、深令に対する執着の強さが、確かにあらわれていた。

「みーちゃんがあなたにあこがれているのは知っています。でもそれでキャディを譲るつもりはない。あの子を一番理解しているのは、わたしだから。そして一か月やそこら組んだ選手とキャディのコンビに、わたしたちは負けません」

最近の女子はみんな血の気が多いのだろうか。今日一緒に回った鴨野もそうだった。わかりやすく闘志をぶつけてくる。同じ年齢だったころ、自分にここまでのことができただろうか。何にしても、向けられた熱には、最低限の誠意で応えなくてはいけない。

「コンビを組んだ長さで実力が決まるなら、シニアゴルファーが世界で最強ということになるね。最終日に残れるよう、お互いに頑張ろう」

「さようなら」

ぱっ、と切り替わり、元に戻ったおだやかな笑顔で、そう言い切られた。あなたたちが最終日に残ることはない、というメッセージだ。ひまりがライバルの選手たちに挑発されるのはわかるが、まさか自分にもやってくるとは思わなかった。本当は、逗子さくらが来る前までは、今日のスコアに小躍りしたい気分だった。

ゆるみかけた気が、またひきしまった。

初日の祝勝会と反省会の意味もかねて、自分の部屋でひまりと一緒に食事をとった。ロッジのオーナーが庭の石窯で焼いたという手作りピザをごちそうになった。チーズで舌を火傷（やけど）したが、美味（おい）しかった。

「じゃあ三浦さんは、逗子さんと話してたんですね」

「そしてお前は深令とだろ。お互いに宣戦布告されたわけだ」

あとリンスは使わないほうがいいです、とひまりは添えてきた。髪の毛先を、後悔した様子でいじっている。三浦にはよく意味がわからなかった。

「明日は天気が荒れる可能性がある。レインウェアは忘れずにバッグにつめこんどけ。滑らないように別のゴルフグローブも用意しとけ。あと、ボールに自分のだとわかるサインを残せ。お前、今日やってなかっただろ。同じメーカーの球を使ってる選手は多いんだ。ディンプルの穴をマジックで塗りつぶすとか、そういうのでいい」

「ちょ、ちょっと待って。一気に言わないで」

「メモなんか取ろうとするな。頭に入れろ」

レインウェア。グローブ。自分のだとわかるように、ディンプルをマジックで塗りつぶす。言葉をよく整理してみれば、今日のゴルフの内容にはほとんど触れていない。実際、言うことは特になかった。ただ反省会と一応銘打ってあるので、何か言わなければと、いま適当に口から出たのだ。

「今日の調子が続けば優勝も見えてくる。予選通過がまず目標だがな。忘れるなよ」

「はい」

反省会はそれで終わった。三浦はグラスを掴み、一気に飲む。そこに酒はつがれていない。ただのコーラだ。ひまりもジンジャーエールを飲む。アルコールはこの空気中にただよっていないはずなのに、なぜか少し、くらくらとする。不思議だった。雰囲気で酔えるというのは、本当かもしれない。ならばもうおれには酒が必要ない。

どうでもいい雑談でひまりと盛り上がる。好きな食べ物とか、読んでいる本とか、観にいった映画の話とか、休日の過ごし方とか、そういう内容。明日には覚えていないような記憶。ゴルフのことはほとんど話さなかった。わらび餅ラテについてひまりが熱心に語ってきたが、わらび餅ラテがどういうものかわからなかった。聞いてみると、「普通の生活の象徴です」とだけ短く答えてきた。

話が一段落して、急にあたりが静かになる。グラスのコーラに視線を逃そうとするが、もう中身はない。中身はないのに、飲むフリをする。話題が途切れたときの、独特の空気。ふう、とお互いの吐く息の音が耳をくすぐる。特に意味はなく目をつぶった。そのまま眠ってしまう気がした。

「三浦さんは、今日は疲れました？」

「あのな。おれはつい一か月前まで、ほぼロクな運動をしていなかったんだぞ。それがいまじゃ連日ゴルフバッグを担いで、約七キロを歩いてる。疲れてないほうがおかしい」

「古傷とかは？」

「それは問題ない。大丈夫」

数秒の間があく。ひまりが何かの質問をためらっているように見えた。態度が本当にわかりやすい。彼女が訊いてくるのを、おとなしく待った。

「三浦さんは……」

「なんだ?」

「三浦さんは、クラブはもう、振らないんですか?」

選手として復帰しないのかと。そういう意味の質問だ。ひまりなりに気を遣って、遠まわしに訊いたのかもしれない。

酒は必要なくなった。バッグを担いでも、いまはそれほど疲れない。古傷が痛むこともない。でも。

「いまは自分のことに集中しろ。予選通過のかかる明日からが本番だ」

「……わかりました」

開けはなった窓、ウッドデッキのほうから風が吹きこんでくる。見ると雲のない、透きとおった空があった。浮かんでいる月が富士山の影に隠れていく。

おだやかな夜は更け、そして二日目がやってくる。

◆

昨日と同じ時刻に起きる。準備を済ませて、車に乗り込み、翡翠カントリークラブへ。

空は曇っていた。薄暗い灰色。富士山は隠れてその全形が見えない。道の途中の木々がときおり、激しく風に揺らされるのが見えた。

クラブハウス内にあるインフォメーションボードで、その日の組み合わせを知る。自分の名前を探し、見つける。

「イン10番ホールからのスタート、三組目だな。昨日ほど練習やパターの調整の時間はない」三浦が言った。

そうと決まれば急ぐ。着替えは出発前にすでに済ませてある。バッグを担ぐ三浦とともにコース内の簡易練習場へ。一通りのクラブを振り終え、パッティンググリーンに向かう。カップのまわりはすでにほかの選手が集まっていた。グリーンの隅にティペグを2本刺して、即席の疑似カップをつくり、その間にボールを通していく。昨日と同じ感覚だ。ストロークに狂いはない。

スタートは九時十分。十五分前には動きだし、ティーイングエリア手前の、競技委員がいるテントに集合する。スコアカードの配布とゴルフの基本ルールを確認、それが終わればあとは打順を待つだけだった。

ごう、と一瞬、強い風が吹く。誰かのゴルフキャップが飛ばされて、ひまりの前を通り過ぎていく。どうやらギャラリーの男性のものらしく、競技委員に注意されながら、拾ってもらっていた。

「風の動きには一打ごとに注意しておこう。昨日よりも読みにくい」三浦が言った。

いまは前の組がティショットを打っていた。ギャラリーのスタンド席に隠れて、ティーイングエリアはここからでは見えない。誰かがドライバーを打った音が聞こえ、続いて拍手が鳴る。ティーイングエリアから降りて、やってきた選手を見て、あ、と声を上げた。

「深令さん」

「中原さん」

いまティショットを打っていたのは、深令だったらしい。インフォメーションボードをよく見ていなかった。前の組にいたのだ。

誰かのティショットの音がまた響く。拍手が鳴る。深令は同じ組の選手のショットには目もくれず、まっすぐこちらを向いたままだ。

「あ、ひまりちゃん。おはよう。朝ごはん何食べた？」バッグを担いで、逗子さくらもやってくる。おにぎりとゼリーです、と律儀に答えると、そっかぁと、やわらかい響きの声が返ってくる。ついでに抱きつかれる。意外に力が強く、離れない。

「昨日、わたしもお風呂一緒に入りたかったよ。残念だったなぁ」

「さくら、中原さん困ってる。もうスタートするよ」

「はーい」

深令が三浦に向かってお辞儀をする。三浦も無言で手を振る。逗子さくらは暖かい日向(ひなた)のような雰囲気をまとったまま、歩き出す。三浦を徹底的に無視していた。いまならひまりにでもわかった。彼女はわたしではなく、キャディ（三浦さん）を敵視している。

去り際、一度だけ深令が振り返り、言ってきた。

「先に行ってる」

フェアウェイへ歩き、進んでいく。先に行っている。言葉どおりに受け取るほどひまりも馬鹿じゃない。いまのは宣戦布告だ。先に予選を通過し、待っていると。来られるものなら、来てみろ、と。

昨日までのスコアなどもう眼中にはない。今日一日、ひまりは深令の背中を見ながらラウンドする。その姿を追いかけ、つけまわし、食らいつくのだ。

「気負いすぎるなよ」

意識の外から、三浦の声がした。

「あくまでも深令は別の組だ。一緒にラウンドするわけじゃない。あいつばかり見て、自分のプレーをおろそかにするな」

「わかってます」

まったく気負っていないといえばウソになる。だけどこのプレッシャーを逆にモチベーションに変えてやろうと思っている。

「大丈夫です、自分のゴルフを見せつけてやります」

三浦からの答えはなかった。いつもとは違う、固さのある無表情。まだ、ひまりに対する不安をぬぐい切れていない様子だった。

そして彼の、心配していたとおりになった。

四打目、パーパットを打つ。ボールをはじいた瞬間、強すぎるとわかった。案の定、ラインに乗りきらず、カップをオーバーする。

これで二連続ボギーだった。前半早々、スコアを二つ落とす。失態もいいところだった。

「パターに限らず、いつもよりアドレスに入るのが早い」

「はい」

「基本のルーティンをなぞるように意識しろ。頭がまわっていないようなら、深呼吸しろ。脳に酸素をいきわたらせろ」

「はい！」乱暴に返事する。三浦は特に何も言ってこない。ひまりが持ち直すことを信じてくれているのだろう。きっと三浦真人もくぐりぬけてきた状況なのだ。キャディである以上に、彼はゴルファーの気持ちがわかる。

次のホールから、言われたとおり、ルーティンを意識して打つ。ボールと目標の延長線上に立ち、クラブで結ぶ。素振りは一回、左肩を二回叩き、ゆるやかにテイクバック。

わずかに風の影響を受けたが、ドライバーショットはフェアウェイに落ちた。一打目を落とすべき場所に落とせれば、二打目はぐっとグリーンを狙いやすくなる。そして三打目も集中しきれれば、バーディパットを決めやすくなる。

「富士山から吹き下ろす風で、芝は右に向かって順目になってる。だからやわらかいタッチでスライスだ。ボール二個分でいい」

三浦のアドバイスを頭に叩き込み、パットに入ろうとする。

そのとき、次のホールのティーイングエリアから、こちらを見下ろしてくる深令の姿が飛び込んでくる。目が一瞬だけ合い、そらされる。明らかにひまりのプレーを気にしていた。彼女が見ている。このバーディは、決めないといけない。

そうして打ったパットは、またしても、力が入りすぎてしまった。自分のわかりやすさが嫌になる。ボールがオーバーする。だめだ、仕切り直しだ。集中しろ。

次のホールのティーイングエリアから、ドライバーショットの音が聞こえてくる。深令とさくらが並び、先に進むのが見えた。こんなところでぐずぐずしていられない。とっととこのパーパットを決めて――

「あっ」

ボールがくるり、とカップの縁をまわり外れる。数十センチの簡単なパーパット。芝目の影響を考慮するまでもないほどの距離だった。それなのに、外れた。カップの縁をまわり、ボールが外れることはめずらしいことではない。こういうとき、よく使われるのは「カップに嫌われる」という表現だ。まさにその言葉のとおり、真摯に一つのパットに向き合わないひまりに、このホールが怒ったかのようだった。

次のホールに向かう。ティーイングエリアには、前選手のスコアが分かる電光掲示板が設置されていた。『木月深令 -5』。スコアを一つ伸ばしていた。その名前の、何人も下のほうに自分がいた。『中原ひまり -3』。

「仕切り直せ。カップに嫌われるのは運が悪かっただけだ」三浦の声は遠い。遠ざかる。離される。

そんな焦りが、さらにひまりのゴルフを乱す。

パーがしばらく続き、スコアが伸び悩む。バーディがなかなか手に入らない。あともうひと転がりというところで、ボールがカップの前で止まる。

今日のような状態に陥る自分を、ひまりは何度も経験していた。どれだけ味わっても慣れない、独特の雰囲気。たとえるなら、重いカーテンが全身にかぶせられているような、そんな不快な気持ちになる。いまもまさにそうだった。苛立ち(いらだ)がつのればつのるほど、見えない誰かがさらにもう一枚、分厚いカーテンの布をかぶせてくる。意識が変わらない限り、それは振り払えない。

前半を三ホールほど残したところで、気持ちに呼応するように、雨が降り出した。焦るひまりに、天気までもが敵になり始めたのか。

「そんな顔をするな。お前の頭の上だけに雨が降ってるわけじゃない」

「わかってます」

二打目の地点まで移動する間、三浦が傘を差してくれた。肩のあたりから、三浦の熱が伝わってくる。顔には出さないだけで、このひとも焦っている。わたしが不調の布をかけられているから。

グリーンが空く。前の組の選手たちが次のホールに移動する。深令たちもそのなかにいる。こちらに背を向けたまま、振り返ってこない。こちらのゴルフやスコアなど、もうどうでもいいのか。

「残りは130ヤード。だがグリーンまでの登り傾斜とアゲインストを考慮して、二番手大きいクラブでいい。7番アイアンだ」

「わかりました」

「グリーンは右に傾斜してる。まだ雨の影響はそれほどない。左に落として、転がして寄せていけ」

ボールと目標の延長線上に、クラブで線を引く。ピンの2ヤードほど左。背の高い松の木を目印にする。

素振りは一回。アドレスに入る前に、一度深呼吸をはさむ。今日限定のルーティン。

そしてゆるやかにテイクバック。よし、いつもの流れだ。

クラブがトップの位置に入る。ここからダウンスイングで一気にインパクトへ。

『私は三浦真人のゴルフが好き』

クラブを振り下ろす瞬間、深令の言葉がよぎる。それでテンポが遅れる。意識がボールから、外れていく。

ボゴッ、と嫌な音がした。クラブの先から、重く不快な感覚が指を伝い、腕を走り、脳をゆさぶる。ボールとともに、派手に芝生が飛んでいく。ダフった。完全にミスショットだ。

弱々しく飛んでいったボールはグリーンをとらえられず、手前の傾斜に当たる。バウンドした勢いでさらに転がり、グリーンから遠ざかる。カラーのあたりで踏ん張ってくれれば、まだパターで寄せることはできた。だがひまりの球は弱かった。傾斜を転がり続けた結果、40ヤードも残してしまった。

このホールもバーディを狙えない。それどころか、いまのひまりはパーさえも。遠ざかる。離される。

何もかもが噛み合わないまま、前半の9ホールが終わった。今日のスコアは3オーバー。だが精神的にはそれ以上に悪いスコアに思えた。クラブハウスに入り、三浦と二人きりになると同時、怒号が飛んできた。

「いいかげんにしろ！　雨や風にいちいち振り回されてどうする！　ずっと陽だまりのなかで生きてきたのか？　いままでだって何度も経験したコンディションだろう！」

「だって、わたしは……」

「ああわかってるよ、深令だろ、お前を一番狂わせてる原因は。モチベーションにするのはいい。だけど意識を持っていかれすぎだ」

「わたしはちゃんと、三浦さんの指示に従ってます。自分のゴルフをしてます」

「確かにおれの指示にはしたがってる。それでもスコアが伴わない。どういうことかわかるか？　単純にお前のショットの精度が悪いんだ」

今日、何度ショートしただろう。何度肝心なパットを外しただろう。三浦の要求にきちんと応えられたのは、どのショットだっただろう。

「お前はゴルフをしていない。ボールをまともに見ていない。コースと向き合っていない。お前が見てるのは深令だ」

「そんなこと、ありません！」根拠なく反論した。

「じゃあ答えてみろ。お前の今日の同伴競技者の名前。一人でもいい。キャディでも、選手でも、誰でもいい。フルネームを言ってみろ」

　答えられなかった。昨日であればいくらでも言えた。鴨野。若宮。今日は覚えていなかった。顔すらも、まともに。なぜか。深令を見ていたから。

「わかったら、『いま、ここ』に集中しろ。後半は取り戻せ」

「いま、ここ」

「幸いまだ3アンダーだ。今日の天候とほかの選手のスコアから見ると、予選通過のカットラインは1アンダーかイーブンパーってところだ。無理にバーディは狙わなくていい。いまはこらえろ。明日のために」

　ごう、とまた風が吹き、クラブハウスの窓ガラスを揺らした。雨は止みかけていたが、風のせいで天候がひどく感じる。

　後半が始まろうとしていた。


　ボールと目標の延長線上に立ち、クラブで自分だけの見えない線を引く。二回素振りして、アドレスに入る。左肩を二回、指で叩く。

『私は三浦さんのゴルフが……』

　心のなかで、黙れ！　と叫ぶ。声は消える。いまだ。

　ゆるやかにテイクバック。クラブのヘッドがトップの位置に入る。ぎりぎりまでひねった体を、一気に解放し、力に変え、ダウンスイング。ヘッドが風を切る音と、続くインパクト。

フォロースルーまで丁寧に、そしてフィニッシュ。

ボールは低く打ちだされ、やがて舞い上がっていく。いつもの打球だ。今日、初めてドライバーを打ったような気持ちだった。

だが風が吹き、ボールが流される。左のラフへ落ちる。右から吹きこんでくることは三浦が想定していて、そのとおりに打っても、結局大きく流されてしまった。

「切り替えていけ。気負いすぎだ。いまのショットは悪くない。おれが風の強さを読み違えただけだ」

「はい」

前はなるべく見ないようにする。正確にいえば、深令たちの組を。ひまりは意識をグリーンの旗だけに向けるよう、努めることにしていた。

ほかの選手二人が二打目を打ち終える。よく見れば若い。ひまりと年が近いかもしれない。一人は帽子のキャップが自分と同じメーカーだった。よし、よく見えてきた。

ラフにもぐりこんでいるボールを見つける。雨のせいで水を吸って、重くなった草だ。さらに深く集中する。

大きめの番手のクラブを持ち、さらにヘッドを低く傾けてアドレスする。無理にボールを浮かせることはしない。きれいな球筋でなくていい。グリーンに向かっていき、旗に寄ればそれでいい。ここは泥臭くても結果が求められる場面だ。

素早くコックし、クラブを一気にトップへ。あくまでも力で振らず、腰の回転とねじりを意識する。

ダウンスイングからインパクトへ、ボールの先の芝生をとらえ、一気にフォロースルー、そしてフィニッシュ。

ボールは低く打ちだされていく。しかしブレない。低空飛行で、風の影響もほとんど受けていなかった。

「乗れ!」ひまりと三浦が同時に叫んだ。

ボールはひまりたちの思いに応え、グリーン手前30ヤードに落ちて、そこから転がっていく。なおも転がり続け、ラインに乗る。ピン横1メートル。まぎれもないバーディチャンスだ。

「いいぞ、後半逆襲だ」

「はい!」

大丈夫、この調子でいけばいい。

深令に気をとられすぎない。ほかのものに意識を分散させる。一つのホールに向き合う。旗をまっすぐ目指す。そうすれば結果は——

「え?」

ひまりの足が止まる。軽くなり始めていた足取りが、草が巻きついたように、一気に動かなくなる。視線の先に、あるものをとらえたからだった。

それは、一球のゴルフボールだった。

ひまりが打った地点から、20ヤードも離れていない位置。さっき打ったボールと同じように、それは深いラフのなかにもぐりこみ、息を潜めていた。

「そんな、まさか」

表面から顔をだしているボール、そこに刻まれたメーカーは、ひまりが使っているものとまったく同じものだった。

ひまりの足が止まったことに三浦が遅れて気づき、振り返ってくる。目が合う。言葉が出ない。ひまりの表情で異変を見たのだろう、三浦が早足で戻ってきた。足音が近づくなか、彼の言葉がよぎる。

『あと、ボールに自分のだとわかるサインを残せ。お前、今日やってなかっただろ』

目の前にあるボールは、今日使ってきたボールとメーカーが同じどころか、印字されている数字まで同じだった。

『同じメーカーの球を使ってる選手は多いんだ。ディンプルの穴をマジックで塗りつぶすとか、そういうのでいい』

三浦の忠告に従い、ひまりは前日、ボールのディンプルを三つ、サインペンで塗りつぶしていた。

足元に転がるボールには、そのマークがあった。

「まさか、違うボールを打ったのか……」

三浦が言い、その先が続けられなくなる。ひまりたちより前にスタートした組の誰か、もしくは昨日からロストして、ずっとあったボール。それをひまりは打ってしまった。

誤球によるプレー。

ルールブック上ではそう表現される。

競技者が自分以外の球を誤って打った場合、その競技者には二打罰が課される。

ペナルティを負ったことで、再び灯りかけた火が、一瞬で吹き消された。簡単なパットを外し、ひまりは結局ダブルボギーを叩いた。自分の精神がこれほどもろかったことを、今日、初めて知った。

こんな思いはしたことがなかった。

自分以外の誰かを意識して、そのゴルフを意識して、スコアを意識して、プレーをしたことがほとんどなかった。これほど体が動かなくなるなんて。こんなに苦しくなるなんて。わかっていれば、そうしなかった。わたしに教えたのは誰だ。

次のホールへ向かう途中、全選手のスコアを表示する電光掲示板が目に飛び込む。木月深令の名前が、一番上の、誰よりもわかりやすい位置にいた。

【(1)　木月深令　-6】

五打差。この天候のなかで、深令は唯一スコアを伸ばしていた。

朝までは二打差をつけていたのに。あっという間にひっくり返されていた。取り返せるのか。まだ取り返せるのか。そもそもここは今、何番ホール？

「もう一度切り替えろ」真横で三浦の声がした。頭に届くまでに時間がかかった。

自分を見失い、余裕のなくなった人間には共通点がある。意識的にも、無意識的にも、決まってある行動をとり始める。すなわち、他人を責め始めるのだ。ひまりにもそれは理解できていた。選手がどん底に突き落とされ、支えてくれるはずのキャディを突き放すような言葉をぶつける、そういうひとを何度も見てきた。他人事のように、ぼんやりとひまりはそれを眺めていた。

まさか自分がそれをする日が来るなんて、思ってもみなかった。

「ペナルティを食らってショックなのはわかるが、後半は始まったばかりだ」

「わかりませんよ」

「え？」

「三浦さんには、わかりませんよ」

「……どういう意味だ」

あふれたら、もう、止まらなかった。

拳を握る。グローブに雨水が染み込んでいるせいで、グジュ、と嫌な音がした。

「ドライバーを打ってるのはわたしです。アイアンもパターも、ぜんぶわたしが打ってるんです。バンカーも、ラフも、グリーンも、失敗したら、わたしのせいなんです。ぜんぶわたしが背負うんですよ」

「選手の気持ちはおれにだってわかる」

「まともにクラブも、握れないくせに！」

フェアウェイの少し先を歩いていた、同伴競技者が振り返ってくる。一度だけ立ち止まり、見ないフリをして、また歩き出す。ひまりは止まらなかった。言いたくないことばかりが口をつく。三浦の顔は見られなかった。

「もうどれくらい、コースを回ってないんですか。最後にラウンドしたのはいつですか？　いつドライバーを振ったんですか？　パターは？　アプローチは？　アイアンは？　フェアウェイウッドは？」

「……それは、怪我があったからだ」

「いいえ違います」

だめだ。

言うな。

隠すと決めたのに。

『三浦さんの怪我は、とっくに治っていてもおかしくないのに』

風呂場での、深令の言葉が響く。

一度質問してみて、またはぐらかされたら、訊くのはやめよう。昨日の夜、そう決めたはずだった。それなのに。

「本当はもう治ってるんでしょう？　クラブに触れないのは、怖いからです」

「中原、やめろ」

「もしも失敗したら、ミスショットをしたら、そんな自分になっちゃうのが、怖かったからですよ」

「やめろ」

「コースに立つ勇気もないんだ。わたしがあこがれた三浦真人はいつだって勇敢にクラブを握って……」

「やめろって！」

叫び声に、かき消される。それでようやく、はっとなる。三浦の顔を見る。歪(ゆが)んでいた。苦痛に歪んでいた。腹にナイフが刺さっているみたいに、唇を噛んでいた。

その目がひまりを睨む。体が、動けなくなる。

視界の隅から人影が近づいてくる。ゼッケンをつけた競技委員だった。

「何か問題ですか？　ほかの競技者がプレーを待っています。これ以上、意図的に遅らせるなら、遅延行為としてペナルティを課します」

「失礼しました」

三浦が答える。

「プレーをすぐに再開します。もう問題ありません」

競技委員が離れていく。

謝りたかった。手遅れになる前に、いますぐ謝りたかった。だけど震えてできなかった。やがて三浦が先に歩き出し、行ってしまう。ひまりもそっと歩を進める。遅延行為はペナルティになる。ただそれだけの言葉が、いま、ひまりを動かす唯一の理由だった。

離れていく。

深令が。

三浦真人が。

結局、それから一度も言葉を交わさず、後半の９ホールが終わった。

◆

イーブンパーの0。

ボロボロのスコアだった。昨日稼いだバーディがすべて水の泡となった。だけどもう関係なかった。三浦は自分の役割を放棄していた。後半はただクラブを渡すだけ、ひまりもそれに従って打ち続けた。言葉は一言も交わさない。地獄のようなラウンドだった。ここ一か月で積み重ねた努力が、無駄に終わった。

スコアのアテストが終わり、ひまりの成績が『0』に確定する。そこをタイミングと決めて、三浦はまっすぐ、クラブハウスの外を目指した。

「待って！」

ひまりが走って追ってくる。

「行かないでください……」

「もう充分だ。あのスコアじゃ優勝はおろか、予選通過も無理だろう」

三浦は言う。

「終わりだ」

「さっき、わたし、ひどいことを……」

会話を続けるつもりはなかった。怒りがおさまらなかった。ただしそれは、すべてがひまりに対してのものじゃない。年下の女子の言葉に、ここまで心を乱される自分に、耐えられなかった。

った。

「帰りは一人で戻れ」

歩調をさらに速める。ひまりはもう追ってこなかった。その顔を見る気にはなれなかった。

クラブハウスを出た先で、三浦を待ち構えている人物がいた。木月深令。横にキャディのさくらはいなかった。

途中で確認したときの深令のスコアは6アンダーだった。あれから一つ落として5アンダーとなっていたが、順位は首位、トップだ。

「予選通過おめでとう」

「三浦さん。私のキャディになってください」

返事をせず、彼女の横を通り過ぎる。「三浦さん」と、もう一度呼ばれる。三浦は振り返らなかった。もうここに用はない。

おれのゴルフは、これで終わりだ。

第四章　決着のフェアウェイウッド

ラウンドを終えた選手たちが、続々とアテストをしにクラブハウスに入ってくる。競技委員たちが慌ただしく動き、スコアボードが更新されていく。

選手たちの雨水を吸ったウェアから蒸発しているせいだろう、室内には独特の湿気が充満していた。一方、選手を苦しめるという役割を終えたかのように、外は晴れ、嘘のように日が差し込み始めていた。

ひまりはソファに腰かけたまま、動けずにいた。まわりを選手たちが流れていく。キャディと相談している選手の話し声が聞こえる。すでに着替えているものもいた。ひまりのウェアはまだ、ぐっしょりと濡れたままだ。風が強かったせいで、レインウェアもあまり効果がなかった。

今日のラウンドが頭をよぎる。まともなプレーが一つもなかった。信じられないペナルティも犯した。そして最後には、一番近くで自分を支えてくれた、大切なキャディを傷つけてしまった。よりにもよって、あこがれの選手に対して。触れてはいけない部分に、手をつっこんでしまった。

考えるたびに胸が苦しくなる。泣きそうだった。そのとき、ひまりのもとへ近づいてくる足音が聞こえてきた。すぐ横で立ち止まる。三浦が戻ってきたのかと思い、勢いよく見上げる。

「ちょ、あんた着替えなさいよ。びしょ濡れじゃん」

「鴨野さん……」

昨日、同じ組だった選手の一人、鴨野だった。着ている水色のウェアには、蝶のシルエットがあしらわれている。試合用のウェアではなく、ハウスルールを守った私服だとわかった。

「今日も、可愛いですね」

「そんなこの世の終わりみたいな顔で言われても、嬉しくない」

ははは、と短い笑いが漏れる。いまはまともな返しが思いつかない。鴨野は今日、いくつで回ったのだろう。自分よりもひどいスコアということはないはずだ。

「帰る前に一言かけておこうと思ったの」

「帰る？」

「2オーバーで、予選落ち。情けない結果になったわ。言いわけするわけじゃないけど、今日スコアを伸ばしたやつなんて、ほとんどいない」

「木月深令」とっさに名前がでた。

「あれは例外よ」

5アンダー。さっき確認した時点では、現在のトップ。きっとこのまま順位は動かないだろう。昨日までひまりがいた位置に、深令がいる。高いところにいるほど、落ちる速度も速い。今日、足を踏み外したひまりは、いまでは地の底だ。

「ちなみに若宮さんは予選通過」

「そうですか」

どうやらすべての選手がラウンドを終え、結果はもうでていたらしい。順位も確定だ。三浦は何十分か、あるいは何時間か前に、見切りをつけて行ってしまった。いつまでもここに座っているわけにはいかない。

「わざわざ挨拶、ありがとうございます、鴨野さん」

「別に。続けていれば、この先何度も戦うことになるんだから。あのとき挨拶をしなかった礼儀の悪いやつって、思われたくないだけ」

「意外としっかりしてるんですね」

「あたしが年上ってこと、あんた忘れてない？」

この先何度も戦うことになる。そんな言葉が嬉しかった。ただし、本当に叶えばの話だ。結果を残せなかった自分は、ゴルフを続けられるのか。

やがて、鴨野のキャディが呼びにくるのが見えた。会話を切り上げようと、鴨野は最後にこう言ってきた。

「あんたのスコアもさっき見た。今日、何があったかは知らないけど、まあ明日はせいぜい頑張りなさい」

「え?」

「初日にひとをさんざん乱したんだから、情けない結果になったら許さないから」

「ちょ、ちょっと待って。わたしも……」

はあ? と鴨野が首をかしげる。お互いの認識に齟齬(そご)がある気がした。やがて鴨野は、ひまりがまだ、スコアボードの結果を見ていないことに気づいたようだった。呆れた様子で、ため息をついてくる。

「とっとと結果、見てきなさいよ」

鴨野がひまりのために道を空ける。そっと立ち上がり、スコアボードのもとへ向かう。

上位から順にながめていく。一番上にはやはり木月深令の名前。そこから4アンダーや3アンダー、2アンダーの選手が続いていく。ひまりの名前はない。今日の結果は0、イーブンパーだ。

予選通過のカットライン、赤線の引かれた部分にさしかかる。今回の大会では四十一位までの選手が予選を通過する。スコアは0。ひまりの名前がそこにあった。

予選通過の一番下、ぎりぎりの四十一位。

中原ひまり。と、自分の名前。

「通過、してた……」

振り返る。鴨野はもういなかった。ひまりはまた一人になる。予選通過の喜びを分かち合えるキャディはいない。

そうだ。

いまさら通過したところで、もう無意味だ。

トップとの差は五打。ひまりが過去にテレビで見た大会では、九打差をひっくり返した選手もいたが、自分はそんな選手にはなれないし、しかも相手は木月深令だ。

ゴルフを続けられる条件は、優勝すること。スポンサー契約を継続すること。ひまりにはその未来が見えなかった。かすかに見える光景は、広いコースのなかを、一人バッグを担いで回る自身の姿だった。

スコアボードから目をそむける。心に再び灯りかけた火を、守る気はもうなかった。自然と消えていくのを待つ。中途半端な希望ほどつらいものはない。

帰ろう。そう決めて、クラブハウスの外を目指した。

自動ドアが開き、風が頬を撫でてくる。温かい日差しの雰囲気も感じる。外は気持ちがよさそうだ。このまま逃げるのも悪くないと思えた。神様が用意してくれた、せめてもの癒しなのかもしれない。

その瞬間だった。

「待って」

肩をぐっと、摑まれて。

引き戻された。

振り返ると、木月深令がいた。

試合用のゴルフウェアを着たまま。肩のあたりはまだうっすらと濡れていて、髪もほどかれず、後ろで結ばれている。とっくにラウンドは終わっていたはずなのに、いまさっきコースから帰ってきたような姿。

「探してた」

「わたしを、ですか」

「どこにいくの」

「どこって……」

帰ります。目の前にいるのは、その言葉を誰よりも告げたくない相手だ。世界で一人だけ、告げずに済む相手を選べるなら、深令を選ぶ。すべてを失い、最後にはプライドも置いていけ、と、翡翠カントリークラブが告げているのかもしれない。

「深令さん。わたしは」

「帰らせない」

「………」

心を見透かされる。先に告げられ、使おうと思っていた言葉が、封印されてしまう。深令の意思は強かった。口調で、それが伝わってきた。

「あなたをこのまま帰らせたりなんか、しないから」

「でも、深令さん。三浦さんが行ってしまったんです。わたしのせいで、あのひとを傷つけました。バッグを担いでくれるひとはいません……」

「なら自分で担いでよ」

肩を摑んでくる力が、強くなる。痛いと声をあげそうになった。深令は逃がしてくれない。とどまれと言う。その真意を、語ってくる。

「三浦さんがいなくなったのは知ってる。もう戻ってこないかもしれない。それでもあなたは明日、ここに来るの。コースに出るの。それでちゃんと、私に負けるの」

逃げるのは許さない。

中途半端なところでなんか、降りさせない。

やっとわかった。

このひとは、ちゃんと勝ちたいのだ。

「三浦さんはあなたのバッグを担いだ。私じゃなくて、あなたのキャディになった。何があのひとを引きつけたのか、私は知らない。あなたのゴルフを知りたい。練習ラウンドじゃない、本番の舞台のあなたを！」

深令は続ける。いつものクールな雰囲気はそこにはなかった。感情をむき出しにして、ひまりにぶつけてくる。

「ちゃんとこの目で見て、知って、勝ちたいの」

自分以外の選手を意識したのは初めてだった。クラブを振り続け、ただひたすらにピンを目指していれば、結果はあとから、自然とついてくる。そういうものだと思っていた。

だけど木月深令という存在を知って、初めて明確に、誰かに勝ちたいと思った。楽しいだけじゃなくて、勝てるゴルフがしたいと思った。

あこがれの三浦真人が過去に指導していたからだけじゃない。年齢が近いからだけじゃない。いままでは別の理由もあった。

一方的なライバル意識じゃない。

深令もまた、ひまりに闘志を向けてくれている。

そしていままでは、それこそが戦う、唯一の理由だった。

勝ちたい。

このひとに、わたしは勝ちたい。

まだここにいたい。

クラブを振りたい。コースを回りたい。風や雨に悩まされたい。カップに吸い込まれるボールを見たい。空に突き上がっていくショットを打ちたい。

わたしのゴルフをしたい。

「深令さん。わたしは一人じゃ、あなたには勝てません」

「中原さん……」

「だから連れてきます」

はっと、うつむきかけた深令の顔が上がる。

「三浦さんを呼び戻してきます。だからそこを、どいてください」

深令が肩から手を離す。

そのまま黙って、外へと続く道を譲ってくれた。

がっかりさせたくない。

木月深令を。

三浦真人を。

そして何より、自分を。

「待ってる」深令が言った。

ひまりは走り出す。

コテージに着いたとき、ちょうど三浦が荷物を車に積み込んでいるところだった。目が合ったが、すぐにそらされた。信頼は失われてしまったのだと改めて実感する。ここまで走ってくる間、何度も考えた謝罪の言葉が、ショックで吹き飛んだ。それでも向き合うことをやめなかった。

「さっきは、すみませんでした」

「お前、バッグは？」

「クラブハウスに置いてきました」

「商売道具を捨てたか。本格的にゴルフを辞める気になったらしいな」

「違います、三浦さんを追いかけるためです。わたしたち、予選通過しました。まだ明日があります」

三浦は答えない。一瞬だけ体を止めたが、見せたのはそのわずかなリアクションだけだった。

ひまりはそれでも続ける。同じ言葉を、何度でも。

「すみませんでした」

「何に謝ってる。今日のゴルフの内容か？　それともおれにかけたあの言葉か？」

「両方です」

「もう遅い。両方ともな」

今日のゴルフの結果はもう取り返せない。かけた言葉も、なかったことにはできない。

ゴルフのショットは決断の連続だ。ボールを打った瞬間から、手元を離れ、結果を待つほかなくなる。だからたくさんミスをするし、後悔もする。それでもゴルファーは、ラウンドをやめない。たった一度の成功が、忘れられないからだ。

「今日、三浦さんに言ってしまったあの言葉、とても後悔しています。無神経でした。きっと傷つけた。でも、すべてが嘘だったとは思ってません」

三浦がひまりを見てくる。お前は謝りにきたんじゃないのか、とその目が非難してくる。でも圧(お)されなかった。いましか、正直になるチャンスはなかった。

「わたしは、三浦真人のゴルフが好きなんです」

飲んだくれていても。アルコールで手が震えていても。一線から退いていても。口が悪くても。初対面ではがっかりしたとしても。

やっぱりわたしは、願ってしまう。何度でも。

「三浦さんがまた、クラブを振っているところをわたしは見たい。豪快なショットで、ギャラリーを沸かせているところをもう一度見たい。そしていまの三浦さんはもう、それができると信じてます」

「お前はおれにバッグを担がせたいのか、それとも選手にさせたいのか、どっちだ」

「両方です」

「またそれかよ」

「深令さんに勝ちたい。そのためには、三浦さんが必要なんです。わたしのことは、いくら嫌ってくれてもいい。罵ってくれても、呆れてくれてもいい。でも明日だけ。せめてあと、一日だけ、わたしのバッグを担いでください」

荷物を詰め終えた三浦が、ばたんとトランクを閉める。ひまりの横を通り過ぎて、運転席に乗り込もうとする。

「行かないでください」

「諦めろ。遅かれ早かれ、どの道こうなってたんだ」

「そばにいてください」

「しつこいな、もう遅いんだよ。優勝は無理だ」

ドアが閉まる。エンジンがかかる。タイヤがゆっくりと回転し、砂利をつぶしながら、進んでいく。遠ざかる三浦にひまりは叫んだ。

「待ってますから！　明日、わたし、待ってます！」

見えなくなるまで、叫び続けた。

車は止まらなかった。

◆

高速を飛ばして三時間、三浦が自宅のマンションに帰り着くころには夜になっていた。まっすぐ自宅には戻らず、地下の駐車場から外にでて、飯川の居酒屋を目指した。店は閉まっていた。平日・休日問わず営業しているこの店が閉まっているのを初めて見た。

唯一の行き先を失い、結局、部屋に帰る。バーカウンターから酒をあさる。唯一残っていたバーボンの瓶を開ける。口をつけようとした瞬間、言葉がよぎった。

『わたしは、三浦真人のゴルフが好きなんです』

瓶を握る手が震え始める。運転している最中、ずっとハンドルを強く握りしめていたせいで、痺れていた。恐怖か、苛立ちか。

「くそっ」

痺れと震えを振り払うように、瓶を床になげつける。ガシャン、と容器が派手に割れて、液体が流れだす。フローリングの境目に沿って、酒が流れていく。そんなはずはないのに、妙に粘り気のある、重さを感じさせる流れ方だった。あんなものが体に入ろうとしていたのか。

窓際のパターマットに目がいく。ほこりをかぶったボール。そしてパター。いますぐつかんで、窓をたたき割ろうかと考えた。そのとき、電話が鳴った。ひまりだろうか。出るのをためらっていると、着信音が大きくなったような気がした。うっとうしさに勝てず、電話に出る。

「無事に家に帰り着いたかな?」

男の声。ひまりではなかった。すぐに誰かわかった。今回の話に三浦を引きこんだ、そもそもの張本人。

「斎川さん」

「クラブハウスから、ひまりちゃんを置いて、きみが帰っていくのが見えたよ」

「そこまで観察してたなら、結果もご存じでしょう」

「予選通過おめでとう」

「ふざけないでください」

三浦は続ける。

「トップとは五打差。しかも相手は木月深令。彼女の実力はおれが誰よりもよくわかってる。どう考えても優勝は無理だ」

「過去には九打差をひっくり返したイギリスのゴルファーもいるよ」

「ただの都市伝説でしょう」

そうかもしれないね、と斎川があいづちを打つ。何を伝えたいのだろう。スポンサー契約の打ち切りなら、とっとと切り出してほしかった。

「初日はすごかったね。圧巻の6アンダー。翡翠カントリーは、ツアーのなかでも難易度の高いコースだ。めったにでるスコアじゃない」

「二日目で台無しになりましたが。まわりがいつも言っているように、結局、今回も波のあるゴルフにすぎなかった」

「ラウンド中、ずいぶん派手に喧嘩もしていたしね」

「……見てたんですね」

そして気づく。

「もしかして、あなたですか、おれたちのところに競技委員を差し向けたのは」

あのとき、まるで仲裁するかのようなタイミングで、競技委員がやってきた。遅延行為はペナルティにつながると警告し、無理やり話を終わらせた。もっとも、どれだけ早く仲裁にやってこようが、結果は変わらなかったが。

「ペナルティを食らわずに済んでよかっただろう？」

「おかげで注目を集めましたけどね」

「きみが年下の女の子にかみつくから」

「あいつが年上のおれを尊重しなかったからです」

「図星だったんだろう？」

どきり、と心臓が跳ねる。電話を切りそうになるのを、必死にこらえる。逃げたと思われたくたない。

笑顔で近寄り、気づけば腹にナイフが刺さっている。そんな雰囲気。斎川はいつもそうだ。そして三浦は見事に動揺していた。刺したナイフの場所は、的確だった。

「言い争いはちらりと聞こえていたよ。傷はとっくに癒えている。体力も、バッグを担いで平気で18ホールを回れるくらい、戻っている。それなのに復帰しないきみに、ひまりちゃんは怒った。それに対して過剰に反応した。図星だったんだろう」

怖がっている、とあいつは言った。

クラブを振るのが怖い。

ボールがどこに飛んでいくかわからない。

つきまとう不安。

かつての球筋を、もしも取り戻せなかったら？

バーディはおろか、パーすらも取れなかったら？

復帰を待っていると応援してくれるひとがいる。やがて期待が重圧に変わる。思うような結果を残せず、まわりや自分を、がっかりさせたくない。そのうち、笑顔を返すのも嫌になった。「怪我が」と言って、交通事故で痛めた膝を見つめると、相手はたいてい、気を遣うように、別の話題にそれてくれる。

でもあいつは違った。

この一か月、ことあるごとに、おれにクラブを振らせてこようとした。おれにゴルフを見せるよう、訴えてきた。ただの知り合いから向けられる期待とはわけが違った。自分をあこがれの選手だと言ってくれる相手のそれは、何倍も、重かった。何より呆れるのは、いつしかそれに、応えようとしている自分がいたことだ。

「明日。九時五十五分、最終組のスタートだ」

斎川の声で我に返る。

は？　と三浦は聞き返す。

「最終日のスタートは、スコアが良い選手ほど後ろの時間になる。予選通過ぎりぎりのあいつのスコアじゃ、最終組なわけがない」

「私は主催者だよ、三浦くん。そしてひまりちゃんは今回、主催者推薦者枠で出場している。これが可能な限りできる、精一杯の融通だ」

「あなたってひとは」

相変わらず強引だった。

そしてある事実に気づく。

最終組。

つまりそこで、ひまりが当たる相手とは――

「ひまりちゃんは間違いなく出る気でいるよ。さっきまで、カントリークラブ内の練習場で打っているところを見た。まわりの選手はとっくに帰っているのに、彼女だけが、一人残っていたよ」

「だからおれは……」

「九時五十五分だ。それ以上は待てない。私が譲れるのはそこまでだ。きみがもし、まだゴルフを嫌いになっていないのなら」

斎川が言う。

「私もきみを待つ。舞台はちゃんと、用意されている」

電話が切れる。

広い室内に、一人、取り残される。床を伝った酒が、足元までやってきて、靴下を濡らす。冷たさが這い上がってくる。引きずりこもうとしてくる。

斎川の言葉が響く。『きみがもし、まだゴルフを嫌いになっていないのなら』。

酒におぼれた。落ちるところまで落ちて、当時は手が震え、クラブもまともに握れなかった。

部屋のパターはほこりをかぶった。いつしか練習場から遠ざかった。コースにも寄らなくなった。クラブを握れば不安になった。ボールを見ると怖かった。一か月前、ゴルフとかかわる唯一の道はキャディになることだった。いま、それすらも、手放そうとしている。何もかも失いかけて。

それでも。

それでも、おれは。

「おれは……」

◆

サイカワ・レディースオープン最終日。ロッジの外に三浦の車はない。ひまりはバッグを担ぎ、呼んだタクシーに乗り込む。

「翡翠カントリークラブまでお願いします」

「お客さん、もしかして選手のひと？　キャディは？」

「現地集合なんです」

「へえ、まあ、応援してるよ。ゴルフのことはよくわからないけど」

雑談しているうち、カントリークラブに着く。クラブハウス前にも三浦はいない。ぐるりと室内を探し回ろうかとも思ったが、やめた。

バッグを所定の場所に置き、クラブハウス内のインフォメーションボードを見に行く。

今日の組み合わせ表がそこに発表されている。

ひまりは何かの運命を感じた。だけど運命ではなく、そのあとに浮かんだのは斎川の顔だった。きっとあのひとが、何かしたんだ。

9時55分　木月　深令
　　　　中原　ひまり

サイカワ・レディースでは一つの組を三人でラウンドする、スリーサムが基本だった。ただし予選を通過し、最終日に臨めるのは四十一名。割り切れず、必然、どこかの組が二人で回ることになるが、まさか自分の組でとは思わなかった。相手は木月深令。しかも最終組だ。

見回してみるが、深令の姿はなかった。大浴場で会ったときと同様、こういうとき、意表をつくようにひょっこり現れて、声をかけてきてもおかしくない。だけど姿はなかった。どの道、ティーイングエリアで会える。

クラブハウスの外に出る。練習場(昨日も夜まで居座った。競技委員に怒られた)とパッティンググリーンで調整を行う。最終日だからか、それとも気の持ちようか、初日や二日目より、グリーンの芝が短く刈り込まれている気がした。

練習中も待ったが、三浦は来なかった。練習場でボールを打ったあと、振り返るたびに、そこにキャディがいないことを思い知る。

選手たちがパッティンググリーンから出ていき、コースのほうへと向かっていく。今日は全員がアウトの1番ホールからのスタートだ。時間が経つごとに選手が出陣し、グリーンから減っていく一方で、カントリークラブ全体ではひとが増え始めていた。グリーンのそばでは係員の指示に従い、スロープ内の通路をギャラリーが移動している。

最終日とあって、ギャラリーの数はおよそ昨日の二倍だ。翡翠カントリーに限らず、どの大会でも最終日はこうなる。そして今日のラウンドは大手テレビ局の中継カメラも入る。雰囲気は、予選時とは明らかに違う。ひまりにもピリついた空気を察することができた。呑まれる選手も、決して少なくない。

パッティンググリーンにとうとう一人になる。ひまりはパターを打つのをやめた。バッグを置いた場所に戻り、時間が経つのを待つ。三浦は来ない。

九時四十分。スタートの十五分前、ひまりは一人でバッグを担ぎ、1番ホールのティーイングエリアを目指した。戦うと決めた。逃げることはしない。

ティーイングエリア前の集合テントには、すでに深令とキャディのさくらがいた。結局、練習中は一度も会わなかった。二人の横にひまりも並ぶ。会話はない。さくらでさえも、今日は話しかけてこない。

「きみ、キャディは?」競技委員が言ってきた。

「来ません」ひまりは正直に答えた。

表情を変えない競技委員が、ここで初めて、眉をひそめた。ひまりの態度を見て、何か普通ではない事態が起きたことを察したらしかった。厳格な口調が変わり、続くその声に、同情がこもり始めたのをひまりは感じた。

「カントリークラブ内のキャディをつけることもできるが……」

「いいえ、大丈夫です」

このバッグは三浦さんにしか担がせない。それ以外の人になど、触れさせたくない。彼が来ないなら、自分で担ぐ。ひまりの意思は変わらない。競技委員もそれ以上は聞いてこなかった。

スコアカードの配布と、競技委員から大会のルール説明を受ける。終わるころには一つ前の組がティショットを終え、コースにでていくところだった。

３４２ヤード、パー４のまっすぐなホール。２３０ヤード地点からフェアウェイの幅が狭くなり、さらにバンカーも両脇で口を開けて待っている。こぶが高く、入ってしまえば2オンは難しい。初日、二日目と、ひまりはドライバーを打ち、成功させていた。今日もそうするべきだろうか。

「最終組、木月深令」

アナウンスが入り、深令が拍手とともにティーイングエリアに上がる。握っているのはユーティリティウッドだった。フェアウェイウッドよりもさらに刻むクラブ。一か月ほど前、練習ラウンドのことを思い出す。深令は意図的に140ヤードを残すつもりだ。自分の一番得意な距離で二打目を狙うために。

ギャラリーのスタンド席、これから向かうホール、最後にひまりに向かってお辞儀をする。ここでようやく、目が合った。一秒にも満たない、短い時間。それでも彼女の思いが伝わってきた。言葉が聞こえてくるようだった。『あなたが一人でも関係ない。今日ここで勝って、倒す』。ひまりは今日、初めて圧されかける。蓋をして、閉じ込めていたはずの不安やプレッシャーが、漏れてくるのを感じる。

パアアンッ！　と、インパクトの音で我に返る。深令が一打目を打っていた。ボールはまっすぐ飛ぶ。決してブレない。右にも左にも曲がらない、文字どおりのストレートボール。本当のストレートを打てるプロが、この世に何人いるのか。間違いない。この大会で出会った選手のなかで、誰よりも強い相手だ。

深令のショットに拍手が鳴る。音の迫力に、足が固まる。ギャラリーの数も初日や二日目より多い。いや、単に数が多いだけじゃない。きっと木月深令だからだ。彼女だからこそ、この拍手の大きさなのだ。ひまりは巨人に挑む。

「中原ひまり」

アナウンスとともに、ひまりはバッグからドライバーを抜き出した。直前まで迷い続けていた。刻むべきか。セオリーどおり、フェアウェイウッドを握るべきか。考えている間、何度もフェアウェイウッドを選択したい誘惑にかられた。それでもひまりはドライバーを選んだ。一つは意地で、もう一つは直感だ。この一打目から逃げれば、その場で負ける。

ティーイングエリアに上がる。拍手を浴びながら、ティペグにボールを乗せる。しかし、なかなかボールが乗らない。手が震えていた。三度目で、ようやく乗った。

ルーティン。そう、ルーティンだ。心を平常に保て。ショットに集中。

ボールと目標の延長線上に立ち、まっすぐクラブで見えない線を引く。しかしクラブを握った腕がまたしても震え、心のなかで引いた線が、ひどく乱れてしまう。

どこを狙えばいいの？

応えてくれるキャディはいない。

「あ、あ、……」

ホールが広すぎる。そしてどこに打っても、危険である気がしてしまう。知らなかった。一人だと、こんなに心細いのか。こんなに怖いのか。三浦の気持ちがわかった。失敗したらどうしよう。打ったボールが見つからなかったらどうしよう。

やめろ。考え込むのはやめろ。集中しろ。戦うのだ。そう決めたじゃないか。一人でも、立ち向かうと。

素振りを一回。

そしてアドレスに入る。だがその瞬間、ひまりは悟る。失敗する。このショットは失敗する。見るに堪えないほどダフる。もしくはトップして、みじめに芝の上を跳ねて飛んでいく。シャンクしてボールがあらぬ方向に飛んでいき、最初からＯＢをだすかもしれない。それどころか、空振りさえありえそうだ。

あれ？　そもそもわたし、いままでどうやって打っていたっけ？　あれ？　あれ？　あれ？　わからない。何もわからない。テイクバックの仕方も、トップの位置も、ダウンスイングもフォロースルーも、フィニッシュの取り方も、すべて頭から消えていた。

呼吸が乱れる。止まっては、急いで酸素を補給する、そんな不規則なリズムを繰り返す。ヘッドが動かない。ミスするとわかっているショットを打つことに、体が抵抗している。こうしている間、きっとギャラリーは不審がっているだろう。

もうどんな結果になってもいい。

とにかくクラブを振らなければ。

そうしなくちゃ、始まらない。

グリップに力をこめる。

そしてテイクバックを——

「絶対ミスするぞ」

溺れかけた意識を、引きずり上げる声。

ボールから目を離す。はっ、と短く息を吐き、全身の筋肉が弛緩した。

そこに立つ彼を見ると、魔法のように震えが止まった。

アドレスをやめたひまりに、ギャラリーも動揺を見せていた。さわさわ、と小さな話声があたりを包む。競技スタッフが『お静かに』の札を上げる。ひまりと同様に、ギャラリーもある一点を見つめていた。深令やさくらも、彼を見ていた。

「三浦、さん……」

「悪い。目ざましが少し遅れてたのかな」

「う、あ」

ティーイングエリアに上がり、三浦が近づいてくる。心細かった。不安だった。怖かった。一人でいるこの場所に、彼がやってくる。こらえていたものが、あふれる。握っていたドライバーが離れ、地面に落ちる。

「そんな泣きそうな顔をするな」

「泣いて、ません」

「まだ始まってもないし、終わってもないぞ」

三浦が指で目尻をぬぐってくる。かすんでいた視界が、鮮明になる。彼がよく見えた。深令がよく見えた。さくらがよく見えた。ギャラリーがよく見えた。

「三浦さん、わたし、わたし……」

「もういいよ、昨日のことは。おれのほうも反省してる。お前に気づかされたよ。どうやらおれは、まだゴルフが好きなようだ」

落としたドライバーを、三浦が拾い上げる。受け取る。涙をぬぐう。来てくれた。彼が来てくれた。

「初日もここで言ったことを思い出させてやる。いいか、お前のゴルフを見せつけろ。今日はギャラリーも倍だ」

ギャラリーのいるスタンド席を見上げる。そうして気づく。父がいた。最終日に来てくれると約束していた、父。その横には母もいた。二人とも、練習場の営業を休んで、応援に来てくれたのだ。

練習場の常連客たちの姿も見えた。心のなかで呼ぶ。フクさん。オカさん。シンさん。すぐ近くには、見知った女性もいた。三浦が行きつけにしている居酒屋の店主、飯川だった。

帰ったはずの鴨野もいる。目が合って、うなずいてきた。

一人じゃなかった。

みんながいた。

怖くなかった。不安は消えていた。

「ちゃんと見てるから」

三浦が言い残し、ティーイングエリアから去っていく。

いつものルーティン。

ボールと目標の延長線上に立つ。いまならどこを狙えばいいか、はっきりわかる。バンカーを越える自分の打球を想像できる。

素振りを一回。

そしてアドレスに入る。左肩を指で二回、そっと叩く。さあ行こう。

ゆるやかにテイクバック。そこから一気にトップへ。ねじり、溜めた力を爆発させるダウンスイング。

パアアアンッ！　とはじけるインパクトの音。フォロースルーからフィニッシュへ。

ボールは空へ駆けあがっていく。

最後の戦いが始まる。

ピン横30センチに、ボールがぴたりと止まる。グリーン前で観戦しているギャラリーが沸きあがる。

「私のライン読む仕事、なくなっちゃう」さくらが言った。

深令の完璧なショットだった。

「気を抜かないで。今日はたくさん仕事をしてもらう」

「わかってるよ、みーちゃん」

二人の会話が聞こえてくる。自然、力が入るが、その肩を三浦がぽんと叩いてくれた。リラックスして臨んだひまりの二打目はピン横4メートル。そのパットをきっちり沈めて、バーディでのスタート。しかし差は縮まらない。今日一日で、五打差をひっくり返さないといけない。

「楽しめよ、プロゴルファー」三浦が言ってきた。練習ラウンドのときにもかけてくれた言葉だ。

「楽しんでますよ、これ以上ないってくらい」

誰かを明確に意識し、追いかけるゴルフ。こんな緊張感は初めてだった。相手はミスをしない。ドライバー、アイアン、パター。どれも完璧な精度のショットを見せてくる。付け入る隙など本当にあるのだろうかと思えてくる。それでも諦めない。隙はなくても、チャンスはある。

それは4ホール目、パー3でやってきた。

152ヤード、高台からの打ちおろし。風の影響を受けるものの、初日、二日目と比較的スコアの取りやすいホールだった。しかし今日は違った。

「ピンの位置があんなところに」ひまりが言った。

「最終日は意地悪をしろっていうルールでもあるのかもな」

グリーンの右半分は池に囲われている。見下ろすこちらからは、池がするどい三日月型に見える。旗は池がある右側、それも端の位置にあった。

大会中、カップの位置は毎日別の場所になる。そして直径わずか10センチほどの穴の位置が変わるだけで、ホールの難易度が各段に跳ね上がることもある。同じホールに立っているとは思えないほど、印象もがらりと変わる。顔や体型が同じでも、服が違うだけで友人の印象が違うのと同じだ。派手なイメチェンだと、ひまりは思った。

先に打つのは深令だ。ティーイングエリア内は決して広くないので、二人の会話がまたもや聞こえてくる。さくらが、普段のやわらかい雰囲気をまったく感じさせない、はっきりとした口調で説明する。スイッチの入ったキャディの言葉だ。

「あんな露骨な位置にカップを切ってきても、誘いにのっちゃだめだよ。左、ピンから15ヤードのところに落とそう。テレビの中継カメラが設置されてる松の木狙いで。下り傾斜に乗せられれば、それで寄せられる。でも無理しなくていい。最悪ここはパーでいい。冒険すべきホールじゃないよ」

「了解」

バッグからクラブを抜く。凛々しい彼女がそれをすると、いつも侍が刀を抜く姿が浮かぶ。ボールと目標の延長線上に立つ。芝をとんとん、と二回叩く。深令のルーティン。素振りも二回。そしてアドレスに入り、素早くテイクバック。一瞬後にはトップの位置にヘッドが移動し、一気にインパクト、フォロースルーへ。

ボールはさくらが指示したポイントの松の木より、さらに左に飛んでいった。しかしそれさえも計算のうちだった。ボールはスライスし、グリーンへと向かっていく。風の影響ではない。インテンショナルスライス。意図的にスライス回転をかけたショットだ。深令の武器は正確なストレートボールだけではない。

グリーンオンしたボールは、そこで止まる。傾斜には乗らず、七メートルほど残っていた。それでも、今日のこのホールでは満点回答の球といえた。ギャラリーは拍手とともに、感嘆の息を漏らしている。完璧なコントロール、調和のなかでスコアメイクしていく深令のゴルフは、美しかった。

「わたしたちはどうします、三浦さん」

「そうだな。逗子さくらが言ったとおり、ここは冒険すべきホールじゃない」

「じゃあわたしたちも、カメラが設置されたあの松の木を……」

「ただしおれたちは追いかける側だ」

三浦がクラブを引き抜き、渡してくる。目が合ってすべてが伝わった。勝負するべきホールだった。

「ミスをしないゴルファーなんてこの世にはいない。それでも深令が完璧に見えるのは、とことんリスクを避けるからだ。スコアが確実に取れるところで、しっかり稼ぐことができているからだ」

「深令さんに勝つ方法は？」

「簡単だ。あいつがリスクを避けたホールで、勝負する」

「なるほど、簡単ですね、わたしでも覚えやすい」

二人で笑い合う。なるほど口にすれば単純だが、相当の覚悟が必要だった。自然はすべてのゴルファーに等しく、危険を与える。深令にリスクがあるホールでは、もちろんひまりも同じリスクを抱えることになる。

「ちなみにもう一つ簡単なことを教えよう。深令たちはリスクを避けてスコアを守ることができる。反対におれたちは、勝負したホールすべてで成功しないといけない。一度でも失敗すれば、その時点で負けだ」

一回いっかいが、生死をかけたギャンブル。リスクも大きいが、リターンもそれだけ魅力的だ。深令がパーを取ったホールでバーディがとれれば、差を縮められる。

「なんか、ヒモをつけずに、滝からバンジージャンプする気分です。川底に岩があったらおしまい」

「安心しろ。お前一人で飛び込むわけじゃない」

それで決心がついた。

いつものルーティンとともに、ショットする。

ボールはまっすぐ、ピンに向かっていく。わずかでもオーバーしたり、ショートしたりすれば、そのまま池に吸い込まれる。逆転は不可能だ。

「行け」

小さく吠えた。応えるようにボールが着地する。ピン横50センチ。ひまりは賭けに勝った。まず一つ。


ひまりが差を縮めても、深令が萎縮することは決してなかった。それどころか、勢いづいてすらいた。どうやらさらに燃料を投下させる結果となったらしい。ついにはひまりのドライバーショットを追い越すこともあった。これにはさすがに悔しくなった。彼女に勝てる唯一の部分で、初めて劣った。

力の入ったひまりの二打目がグリーンオンする。ピンから三メートル。充分バーディを狙える距離だった。

「あの位置ならラインも簡単だ」三浦がうなずく。

「はい、ここもバーディを取って……」

会話を引き裂くように、気づけば深令が二打目を打っていた。迷いがなく、そして速いショットだった。ギャラリーすらも気を抜いて話をしていた。

そのボールが、ピンに寄る。ひまりのさらに内側だった。フィニッシュを解いて、ひまりを振り返ってくる。どうだ、とその目が挑んでくる。

「く、悔しい……」

でも楽しい。

明確に意識されているという感覚。一方通行ではない闘志。ひまりが見ているのと同じように、相手もこちらを見ていることに高揚する。

自分の世界に入りすぎず、そして他者を意識しすぎない、完全な集中力を発揮している状態。その状態にあると、ひまりは思った。いま立つべきなのはこの場所で、打つべきなのはこのコースで、そして立ち向かうべきなのは、木月深令というライバル。

願わずにはいられない。

もっと。さあ、もっと。


後半に入って最初の10番ホール。グリーンに上がると、あ、と思わず声をあげた。深令も小さく口を開けていた。

二人のボールが、ぴたりと横並びでくっついていた。カップまでの距離は同じ、そして同じライン。わかりやすい勝負だ。神様はどこまでご褒美をくれるのか。

ショットの際、ほかの同伴競技者のボールが障害となる場合は、マークしてどけてもらうことができる。近寄ると、ほんのわずかに深令の球のほうがカップに遠かった。ひまりはマークして自分のボールをどける。まずは深令のパットだ。

カップの奥、延長線上には二人のキャディが立っている。三浦とさくら。このパットはひまりと深令との戦いである以上に、キャディ二人にとっての戦いでもある。ラインの読みあい。自分の選手を正しく導き出せたほうが、勝ち。

やがて二人が同時に戻ってくる。三浦が口を開いて答えを告げてきた。

「ボール二個分、フックだ」

「ボール三個分、スライスだよ」

三浦の答えと重なるように、さくらの声も聞こえてきた。お互いに顔を見合わせる。

二人の答えは真逆だった。ひまりが見ても、確かに悩むラインだ。カップを底としたとき、ゆるやかなお椀(わん)の形をしている。スライスで寄せるラインでもありそうだし、フックで決められそうなラインでもある気がする。

「みーちゃん……」

さくらが不安そうに声をあげた。答えを信じてもらえるか、自信がないのかもしれない。三浦真人は、深令にとってのあこがれの選手でもある。

「わかったわ、さくら」

深令がアドレスに入る。あたりが静かになる。風が吹いて、通り過ぎ、そして止む。

何もかもが停止したその瞬間、深令がパットを打った。

ボールは右にでていく。さくらの選択、スライスラインを選んだのだ。深令は自分のキャディを信じた。

転がり、ラインに乗っていく。そしてある地点で曲がりだし、カップに吸い込まれていった。かこん、と金属の音が響く。

深令が力強く、拳を振り下ろす。ガッツポーズをしていた。無言だったが、そこまでわかりやすく、感情をあらわにしたのは今日が初めてだった。「みーちゃん」と呼ぶさくらの声は震えていた。目は涙でうるんでいるように見えた。傍から見れば普通のバーディかもしれない。だけど彼女たちにとっては、それ以上に価値のある一打なのだ。

さて、ひまりの番だ。答えは決まっていた。相手の結果がどうであろうと関係ない。深令さんがさくらさんの選択を信じるように、わたしも三浦さんを信じよう。

素振りを一回、そしてパットを打つ。

ボールは左にでていく。勢いが深令の球より強かった。だけどこれがひまりのパットだ。ストロークを理解したうえで、三浦はあのアドバイスをくれた。だからこちらの答えは、ボール二個分のフックラインだ。

カップに吸い込まれ、ボールが完全に消えた瞬間、ギャラリーが沸きあがる。二つの球が、別のラインで、同じ答えにたどりつく。そうそう見られる光景ではない。

「カップに向かうラインの答えは、たいてい一つだ。ゴルフはカップのなかにボールを入れるスポーツだ。だが同時に、カップのライン上にボールを通すスポーツでもある。だからこういう結果が起こることもある。答えに至る道は一つだけじゃない」

「三浦さん、わたし、今日ゴルフができてよかった」

いままでで、一番楽しいゴルフだった。こんなプレーも、こんな興奮も、味わったことがない。何よりも嬉しかった。ああ、わたしはもっと、ゴルフを好きになれる。

このラウンドが、永遠に続けばいいのに。

◆

すさまじいプレーだった。他人のゴルフを見て、ここまで釘づけになったのは、いつ以来だろうか。気を抜けば、自分がいまキャディであることをつい忘れ、ただの観客となってしまいそうだった。

一進一退の攻防。ひまりがバーディを取れば、深令も取り返す。深令が突き放せば、ひまりも追いすがる。じりじりと、確実に距離をつめていく。

お互いが自分のゴルフをつらぬいているからこそだろう、二人のショットの選択はしばしば逆になった。フェアウェイにそびえる杉の木をかわすために、ひまりはドローボールで右から打っていく。対して深令はフックでかわす。そして同じグリーンを、カップを目指す。

予兆はなかった。唐突に三浦が思い出したのは、ひまりがバーディを決めて、深令との差をとうとう二つに縮めた瞬間だった。

「残り4ホール。あと二つです」

パターを返しながらひまりが言ってくる。

「逆転できるかぎりぎりだけど、でもまだ……」

「中原ゴルフ練習場」

「え?」

「お前、おれの6番アイアンを放り投げたやつだ」

気晴らしに、自宅から少し離れた練習場を選んで打っていた。そこに女の子がやってきて、会話をした。そうだ。あのときの子だ。いくら振ってもクラブはボールに当たらず、最後に手からすっぽ抜けて、アイアンを飛ばしていた女の子。彼女が、中原ひまり。

「まさかプロになってるなんて」

「何をいまさら言ってるんですか」ひまりが笑った。確かにおかしい。おれたちは戦っている最中だ。優勝に向けて差を縮め、最高のゴルフをしている途中だ。

不可能だと思っていた逆転の未来が、そこまできている。自分にあこがれてくれた少女が、大人になり、いまこうして、同じコースに立てている。

「ちゃんと見ててください。キャディでしょう?」

「わかってるよ」

「クラブ飛んでいったら、ごめんなさい」

「ばか」

一瞬の休息。そしてまた、戦いに集中する。

ひまりがティショットを打つ。ボールはまっすぐ、空に突き上がっていく。フィニッシュを取り終え、戻ってくる彼女は笑っていた。きっと無自覚だろう。楽しくて、しょうがないのだ。ゴルフが好きで好きで、たまらないのだ。

自分も疲れ果てるまでクラブを振りたい。ボールを飛ばしたい。あの感触をまた味わいたい。ギャラリーが観戦する舞台に立ちたい。

心の底からそう思えた。

おれはゴルフがしたかった。

◆

均衡がついにやぶられたのは、最終手前、17番ホールのパー4だった。グリーンに向けて、打ち上げの二打目。ひまりが打ったボールがそのままカップインした。

直接入ったところは、ここからでは見えない。だがグリーンまわりにいるギャラリーたちの、わっ、とあがった歓声でそれを確認した。拍手が鳴りやまず、深令のほうは、それがおさまるのをしばらく待つことになった。

チップインイーグル。ピンを狙っていなかったわけじゃない。しかし、予想できていたわけでもなかった。イーグル自体を取るのはそれほどめずらしいことじゃない。だけど、二打目を直接カップインさせるチップインでの経験は、ひまりはプロの公式大会では初めてだった。

「ほら、ちゃんとギャラリーの拍手に応えろよ」三浦が言った。

「ど、どうやって？」

「素直に喜べばいい」

握ったクラブをかかげて、応える。笑って見せるが、たぶん、ぎこちない。ひまりが反応したのを見て、ギャラリーが拍手を終えてくれた。

風が上手くボールを運んだのかもしれない。グリーンオンしたボールが、芝目に乗って、ちょうど転がっていったのかもしれない。敵となる自然は時として、健闘している相手に、こうしてほほ笑むことがある。

深令はこのホールをパーとした。これで差を二つ縮めたことになる。

ひまりは近くに設置された、スコアボードを見上げる。トップの位置に、二人の名前があった。体が震える。武者震いだった。

【（1）木月　深令　−8】

【（1）中原ひまり　−8】

同じ数字。同じ順位。

ついに、並んだ。


最終、18番ホール。パー5の520ヤード。

三日間にわたる戦いが、残りおよそ500メートルで決着を迎える。ショットを一打進めるたび、その距離は、着実に短くなっていき、最後には数センチになる。

「中原さん。さっきのイーグルは見事だった」

深令が言う。

「でも負けない」

「わたしも、深令さんに勝ちたい」

まぎれもない本音だった。自然のなかにいると、ひとは正直になるな、とひまりは思った。深令と小さく笑い合う。握手はしなかった。それを交わす時間ではまだなかった。

オナーとなったひまりがティーイングエリアに立つ。

ボールと目標の延長線上に立つ。クラブで未来の軌道の線を引く。

素振りは一回。

アドレスに入り、左肩を二回、指で叩く。

ゆるやかにテイクバック。

さあ、これで最後。

トップの位置から、溜めた力を爆発させるように、腰を回転。ダウンスイングから一気にインパクトへ。

一瞬、音が聞こえなくなった。ひまりは自分のドライバーのインパクト音を聞くことなく、気づけば飛んでいくボールを眺めていた。

フェアウェイ、ど真ん中にボールが着地する。ギャラリーの拍手が、ステレオのボリュームをひねるみたいに、徐々に聞こえてくる。やがて完全に音が戻ってきた。我に返り、ひまりはティペグを抜き、ティーイングエリアから降りる。

「今日一番の距離がでたな」三浦が言った。

深令のティショットが続く。ダウンスイングの瞬間、彼女がティをいつもより低くしているのが見えた。

そのドライバーショットに、またも驚かされる。

低く鋭い打球。

着地点はひまりが落ちたボールの遥かに手前だったが、フェアウェイの傾斜も助け、ボールはどんどんと転がっていく。

やがて、ひまりのすぐ真横に並び、ボールは止まった。いつもの凛としたショットではなかったかもしれない。だけど確実に結果を残していた。

「そんな距離の稼ぎ方もあるんだ……」

でもどうして、そこまでして飛ばしたかったのだろう。特別、風が強かったわけではない。普通のドライバーショットを打っても問題はなかったはずだ。ティを低くし、低弾道のショットで転がし、わざわざひまりと同じ距離までボールを運んだ理由は？

凛々しいショットで観客を魅了する深令が、はじめて自分のショットを変えた。それは明らかにひまりを意識してのことだ。そして答えはすぐに明らかになった。

二打目の地点につく。ほんのわずかに、深令のほうがピンより遠い。先に打つのは彼女だった。

「え」と、思わず声がでた。

キャディのさくらが渡したクラブは、フェアウェイウッドだった。この場面でのフェアウェイウッドは、ある選択を意味していた。

「深令は2オンする気だ」

三浦が言う。

「でも、無謀すぎる」

グリーン前には池が待ち構えている。少なくとも、キャリーで220ヤードは飛ばさないといけない。女子プロの世界では、三浦の言うとおり、無謀な距離だった。

ひまりでさえ、初日と二日目はこのコースで刻むことを選んだ。二回とも、ユーティリティウッドを選択して池を避けていた。しかもそのショットは、木月深令を意識してのものだった。彼女ならそうすると考えて、ユーティリティを選んでいた。

その深令がいま、フェアウェイウッドを握っている。

目の前にいるのは、まるでひまり自身のようだった。そう、自分。なるほど。そこまで考えてようやくわかった。深令さんは、わたしになろうとしている。わたしが深令さんを意識して打ったように、このひとも、勝つために。

さくらと深令の会話が聞こえてくる。

「みーちゃん、本当にいいんだね」

「ええ。スコアが並んだら、こうすると決めていた」

深令が言う。

「プレーオフでだらだら戦うつもりはない。勝つにはここで、イーグルを取る」

「信じるよ、いつでも」

「ありがとう」

キャディとの会話が終わり、アドレスに入る。その瞬間だけ、選手はいつも一人だ。

どれだけともに戦っているとしても、それだけは変えられない事実だ。わたしだったら握れるだろうか、とひまりは考える。同じ場面で、追いかけなければいけない状況で、フェアウェイウッドを選べるだろうか。

かっこよかった。

ただ、ひたすら、かっこよかった。

「打つぞ」三浦が言った。

あたりが静寂につつまれる。ギャラリーたちは確かにそこにいる。優勝のかかったひまりたちの行方を、息をのみ、見守っている。音の消えた世界。

そして、静から動へ。

テイクバックで動かされるヘッドを見つめる。

一瞬の出来事だった。トップの位置に入ると同時、びゅっ、と風を切る音。そして続くインパクト。ボールが下から突き上がるように、飛んでいく。

「行け！」とギャラリーの誰かが叫んだ。

ボールが軌道の頂点にたどりつく。

そこからゆるやかに、空から降りていく。

息をとめて見つめた。

グリーン手前の傾斜に、ボールが着地する。跳ねるのがここからでも見えた。転がり、池のほうへと吸い込まれていく。勢いはとまらない。

ボールが池に落ちるまで、深令はフィニッシュを解かなかった。

レッドペナルティエリアである池にボールが入れば、一打罰となる。次の深令のショットは四打目だ。上手くしのいだとしても、パーが取れるかどうか。

つまり、ひまりはここでバーディが取れれば、優勝を手にできる。

ユーティリティを選び、右のフェアウェイに刻む姿が浮かばなかったわけではない。でももう、ひまりのなかでは答えが決まっていた。横の三浦と目を合わせる。意図に気づいたように、まさか、と小さく声をあげた。

「まだ今日、『チャレンジ』を使ってませんよね」

「おい中原」

「三回分、ぜんぶここにつぎこんでもいい。だからお願いです」

挑ませてください。

そうやって、頭を下げる。

もともとはひまりの無茶や不調のせいで、三浦と亀裂が入った。もしかしたら、またそれを繰り返すことになるかもしれない。今度、嫌われてしまったら、もう二度と、修復は不可能かもしれない。

それでも揺らがなかった。そして三浦も、いつものように怒鳴ってはこなかった。

「すぐそこに優勝があるんだぞ」

「わかってます」

「おれたちにはスポンサー契約の継続もかかってる。つまり、ゴルフを続けられるかどうかの未来が決まるかもしれない」

「はい」

「それでも刻まないんだな？」

「2オンを狙いたいです」

一か月と少し前。

ちょうどいまと、同じような状況に立っていたことを思い出す。予選通過がかかった最後のホール。自分の無茶で父を困らせ、最後には失望させてしまった。あそこから、すべてが始まった。

状況は同じでも、いまのひまりの思いは、あのときとはまったく別だった。自分のためだけじゃなかった。目の前に、向き合うべき相手がいるから、フェアウェイウッドを握りたかった。

「鴨野さんが昨日、わたしに言ってくれたんです」

クラブハウスで絶望していたひまりを励ますように、かけてくれた言葉。

「ゴルフを続けていれば、わたしたちは何度も戦うことになるって。そのとおりだと思いました。この先、深令さんと何十回、何百回と戦うことになるかもしれない。そうなったとき、今日のことを後悔したくないんです」

優勝じゃなかった。

彼女に勝ちたかった。

スポンサーはつかなくなり、もしかしたらゴルフを続けられなくなるかもしれない。でももし、次にまた会うことができたとしたら。そのときは堂々と、胸を張れる自分でいたかった。

ゴルフは自分自身を飛ばすスポーツだ。

それならわたしは、自分に恥じないゴルフがしたい。

「わかったよ」

三浦が言う。

「いままでさんざん振り回されてきたんだ、もう驚かねえよ。お前の一打を、中原ひまりの一打を、見せつけてやれ」

バッグからフェアウェイウッドを抜き、差し出してくる。無言でうなずき、ひまりはそれを受け取る。ギャラリーからどよめきが聞こえてくる。競技委員が『お静かに』の札を上げる。

いつものルーティン。どんなときでも、一緒に歩いてきてくれた習慣とともに、ボールへ向かう。最後の二打目。

左肩を二回、指で叩き、そしてテイクバック。

トップの位置にヘッドがおさまる。

ダウンスイングから、一気にインパクトへ。ボールのはじける音。焦って見に行ってはいけない。しっかりと送り出す。フォロースルーから、フィニッシュへ。

空へ向かって突き上がっていく打球。行け。行け。彼女に勝つために。

不思議なことに、深令が打ったそれと、まったく同じ軌道に見えた。空中の頂点にたどりついたボールが、ゆるやかに降りてくる。

そして結果も同じだった。

ボールはキャリーで池を越えはしたものの、着地した瞬間にグリーンの土手を跳ね、転がり、最後には池の底へと消えていった。水しぶきと、水面に広がる波紋がここからでも見えた。あああ、とギャラリーの悲鳴が聞こえる。

失敗した。後悔はなかった。深令からの挑戦に、ひまりは逃げなかった。

「さ、いくぞ」

「……はい」

バッグを担ぎ、三浦が歩きだす。ひまりもついていく。レッドペナルティエリアの池にボールが入った場合は、ボールが池に入ってしまった地点から、もっとも近い岸を起点に、グリーンに近づかない範囲で新しくボールをドロップすることができる。一打罰が加わるので、四打目はそこからだ。ひまりだけではなく、おそらくこの場にいる誰もがそう思っていた。

深令とさくらの足音が聞こえないことに気づき、はっとなり、振り向く。三浦も異変に気づき、立ち止まる。

視線の先、深令はその場でボールをドロップしていた。

ペナルティエリアからのもう一つの救済では、同じ地点から打ちなおすこともできる。もちろん一打罰は変わらない。だから普通は、グリーンに近い池周辺でドロップする。同じ打数で、距離が遠くなる選択と、近くなる選択。どちらが合理的か。ひまりにでもわかる計算だ。それでも深令は、そこから打ちなおすことを選んだ。

一度目は覚悟できていたさくらも、これには動揺しているようだった。

「みーちゃん……」

「ここから打つ」

「ど、どうしてそこまで」

「ここで逃げたら、中原さんに、ひまりに、きっと二度と勝てない」

深令がフェアウェイウッドを握る。失敗したショットにまた挑む。一回目は決してミスショットではなかった。それでも池は越えられなかった。

驚き、固まっているうち、深令がルーティンを終え、アドレスに入ろうとする。ひまりたちは急いでわきにどく。

居合の達人を連想させる、素早いテイクバック。

そして一気にトップへ。

インパクトの音とともに、ボールが打ち出される。

シュウウウウ、と風を切り、ひまりたちの上を通過してく。

まっすぐ、池に伸びていく。

行け。と心のなかで叫んだ。なぜか願ってしまった。深令はライバルでありながら、この自然に立ち向かう仲間でもあった。だからゴルフでは、一緒にラウンドする選手のことを「同伴競技者」と呼ぶのだ。

ボールが池を越える。しかしまたしても、傾斜の強い土手につかまる。転がり、最後にはまた、水面に波紋をつくる。深令は表情を変えない。悔しさも、怒りも見せない。ただ淡々と挑み、越えようとしている池を見つめている。

ひまりは左を見る。グリーンへと続く道。ピンに近い、池の落下地点へドロップできる、合理的な選択。いま、この瞬間、優勝を手にできるのはひまり一人となった。

そして右を見る。そこには深令がいる。ライバルがいる。勝ちたい相手がいる。でも勝つためには、もう一度、すべてを犠牲にしなくてはならない。

揺らぐ。揺らぐ。

やがて先に歩きだしたのは、三浦のほうだった。グリーンに背中を向け、深令のいる場所へと戻っていく。何も言わなかった。泣きそうになった。ひまりの意思を、尊重しようとしてくれていた。

「三浦さん……」

「安心しろ、ボールはいくらでもある」

三浦についていき、ひまりも二打目の地点へと戻る。さくらは驚いた様子で口を開け、固まっていた。深令と目が合う。言葉はいらなかった。ここで決着をつける。池を越え、グリーンに乗せたほうが、この戦いの勝者だ。

ボールをドロップする。

グリーンで待ち構えるピンへ、まっすぐ延長線上に立つ。クラブで見えない線を引く。素振りを一回。アドレスに入り、左肩を二回、指で叩く。

いつものリズムで打つ。

四打目のボールはまっすぐ飛んでいく。最初に打ったときよりも、高い弾道になった。風が吹き上がっている。行け！　と誰かが叫んだ。三浦だった。

ボールは岸にすら届かず、水面に派手なしぶきをあげる。あと少しだったのに。

ひまりが終えると同時、深令がまた、自分の打った地点でボールをドロップする。

ギャラリーのざわめき声がおさまらない。競技委員は『お静かに』の札を上げ続けている。それでも、止まない。ひまりと深令の覚悟を察したのか、声援を送りだすものもいた。

一打罰のペナルティがさらに加わり、六打目。

ギャラリーが静まらないうちに、深令はフェアウェイウッドを振る。

ボールが、ぐん、と突き上がっていく。頂点に達し、やがて落下する。土手の縁で跳ね、池に転がっていく。

ひまりはフェアウェイウッドを握り直す。

再び打った地点に向かい、ボールをドロップする。風はフォローになりかけていた。

まっすぐ打球が伸びていく。

ボールが池を越え、土手を跳ねる。グリーンのカラーに残りかけたと思った瞬間、また転がりだし、最後には水しぶき。

打ち終えるひまりと交代に、深令がボールをドロップする。

八打目。

ギャラリーの会話が聞こえる。

「おいおい、なんだこれ」「本気かよ」「すごいものが始まった」「絶対に池を越える気なんだ」「でもできるのか？　女子プロには難しい距離だぞ」「あの二人は戦ってる」

「ああ、こんなの見たことないぞ」

何を言われても関係なかった。この場にいるひまりたちだけがすべてだった。

打つ。

落ちる。

打つ。

落ちる。

打つ。

落ちる。

繰り返す。

何度も。

何度でも。

ギャラリーも、そしてひまりたちも、熱を帯びていく。

ボールをドロップする。

パアアアンッ！　とはじけるインパクト音。池に向かって、グリーンに向かって突き進む。風がアゲインストになる。自然は気まぐれだ。ボールが水面に叩きつけられる。

「あああっ！」と、ギャラリーの大きな悲鳴。

やがて。

永遠に続くかと思われた打ち合いに、とうとう終止符が打たれる。

十六打目。

深令のボールが池に吸い込まれる。結果をしっかりと見届け、ひまりも十六打目に向かおうとしたときだった。ボールを渡す三浦が言ってきた。

「ここに来られてよかった」

「え？」

「キャディとして、ここにいられてよかった。お前たちのゴルフを見られてよかった。誇りに思うよ。感謝してる。ありがとう」

さあ行ってこい、と背中を押される。

嬉しさがこみあげる。

そして意識はまた、グリーンへと向かう。

ボールをドロップする。

ひまりはアドレスに入る。

その一打を打つとき、いつものルーティンを行わなかった理由はわからない。ただ、体が自然と、すでにアドレスに入っていた。

ボールと目標の延長線上に立つこともしなかった。

素振りもしなかった。

左肩を二回、叩くこともしなかった。

ひまりは三浦のルーティンを、初めて捨てていた。気づいても、怖くはなかった。

テイクバックし、ヘッドをトップの位置へ。

ダウンスイング。そしてインパクト。

音が消える。

フォロースルーから、フィニッシュへ。

ボールは空へ突き進んでいく。そのまま落ちてこない気がした。

ひまりは空を見続けた。きれいな青空だった。子供が無邪気にちぎったような、大きさの異なる雲が散らばっていた。日差しが体を温めた。気持ちがよかった。

視線を降ろし、グリーンに自分のボールが乗っているのを見た瞬間、ひまりの耳に音が戻ってきた。ギャラリーの歓声につつまれていた。

割れんばかりの拍手が起こる。力が抜けて、フェアウェイウッドを落とす。振り返ると、三浦が口を開けて、固まったままだった。深令もさくらも、動かなかった。現実が遅れてやってくるのを、静かに待っていた。越えた。池を越えた。ついに越えた。

最初に動き出したのは、深令だった。我に返り、ショットの邪魔にならないよう、ひまりはフェアウェイウッドを拾い上げてどく。

深令はクラブを持ち替えていた。ユーティリティウッド。

十八打目は池の右、安全地帯のフェアウェイに落ちる。その意味をひまりも理解した。

ショットを終えた深令が、手を差し出してくる。

「ひまり。あなたの勝ちね」

「深令さん」

「ただし、今回だけ」

笑った。

深令も笑みを返してきた。それから、名前を呼んでくれて嬉しかった。

「はい、またやりましょう」

「うん。必ず」

差し出された手を握る。

ギャラリーの歓声がやむまで、ひまりたちは、お互いに手を離さなかった。

こうしてサイカワ・レディースオープン、最終日が幕を閉じた。

深令は二十打でホールアウトし、15オーバーとした。最終的なスコアは7オーバー。

ひまりは十八打でホールアウト。13オーバーとなり、スコアは5オーバー。全選手のなかで、この日、最も悪いスコアを叩いた組となった。

そして最も、記憶に残る二人となった。

終章　始まりのアイアン

中原ひまりの家は駅から離れた住宅街にあり、二階建て3LDKの、これといった特徴のない一軒家だった。強いていえば、幅六十五メートル、長さ百九十メートルの、ほんの少し広い庭があるくらいだった。庭の名前は中原ゴルフ練習場といった。ひまりはこの庭が好きだった。

コンビニから帰宅すると、フロント横の喫茶店で、常連の福田たちが談笑しているのを見つけた。岡本、新見の、いつものメンツだ。近くにゴルフバッグが置かれている。練習を終え、帰る前らしい。

彼らもひまりに気づき、声をかけてくる。近づくと、岡本がスポーツ新聞を開いていた。『木月深令　中原ひまり　魂とプライドのぶつかりあい！』と大袈裟な見出しが目に飛び込む。カラーで写真まで使われていた。次見かけたら、焼き捨てようと思う。

「やあ、この前は本当にすごかったよ。いまもその話をしてた」福田が言った。

「応援に来てくれてありがとう。でももう四日も前のことだよ」ひまりが答えた。

「まだ興奮が冷めないよ。あんな試合、いままで見たことがなかった」岡本が言った。

まわりが興奮すると、本人たちは意外と冷めるものだ。ひまりにとってはとっくに過去のことだった。

「木月選手とはあれからどうしてるの？　握手してたけど」新見が訊いてくる。

「連絡先は交換したよ。今度一緒に、わらび餅ラテを飲みにいく予定」

「なにそれ、おいしいの？」

きっとおいしいよ。おいしくなくても、飲む行為に意味があるんだよ。心のなかだけで返事する。昼食を済ませて、早く練習に戻りたかった。会話を切り上げるタイミングを見計らっていると、さらに福田が訊いてくる。

「噂で聞いたんだけど、その、スポンサー契約のほうはどうなの？　優勝することが条件だったとかって、お父さんに聞いたけど」

「契約は更新されたよ」

ひまりの代わりに答えたのは父だった。カウンター業務から抜け出し、会話に加わってくる。父に相手を任せて、行こうと思った。

「優勝はできなかったけど、観客の記憶には残った。つまり注目されたわけだ。斎川さんは喜んでくれたよ。あのひとは結果至上主義だからね。それにサイカワだけじゃない。あの大会を見た企業やメーカーが、三社ほど名乗りをあげてくれて……」

「お父さん、わたし、行くから」

「あ、ひまり」

自分を蚊帳の外にして、ひまりの自慢話を始める父から逃げようとすると、呼びとめられた。

「二階の右端。奥に、彼が来てる」

聞いたとたん、コンビニ袋を椅子に放り、ひまりは駆ける。フロントと廊下を抜けて、打席が並ぶ通路を駆ける。何事かと練習中の客が何人か振り返ってくる。かまわなかった。

二階に上がる。はやる気持ちを抑えて、ゆっくりと踏みしめる。すると途中で音が聞こえてきた。バシッ、と力強くボールをはじく、インパクト音。ほかの客とは、明らかに質の違う音。十年前と、光景が重なる。

二階に上がり、まっすぐ、一番右奥の席を目指す。

三浦がクラブを振っていた。

ゆるやかにテイクバック。そしてぴたりと、トップの位置にクラブがおさまり、ダウンスイング。ボールが下から突き上がるように飛んでいく。プロゴルファーの球。優雅なフォロースルーと、フィニッシュ。

近づいてきたひまりに、三浦も気づく。

「よう人気選手。この前テレビに出てたぞ」

「あれから連絡くれないから、どうしたかと思ってました」

「だからこうして顔を見せにきてやった」

練習に戻る。振りかぶる。そして打つ。ボールが飛んでいく。たったそれだけの光景なのに、興奮がおさまらなかった。彼に抱きつきたくなるのを必死にこらえた。打っている。あこがれのゴルファーが、ボールを打っている。

会話を途切れさせないように、必死に話題を探した。そのせいで、ぎこちない口調になった。

「来年のツアー前半の出場権利をかけた下部ツアーのトーナメントが、十一月下旬に開かれます。また担いでくれませんか？」

「いいや、その前にお前がおれのバッグを担げ」

「へ？」

「貸しを返せと言ってるんだ。文句でもあるのか」

「い、いいや、そうじゃなくて。バッグを担ぐって……」

テイクバックを途中でやめて、三浦が向き直り、説明してくる。

「主催者推薦で、ある大会に呼ばれた。サイカワ・レディースで注目されたのは、何も選手だけじゃないってことだ」

「大会、出るんですか？　わたしが担いでもいいんですか？」

「この前はさんざん振り回されたからな。覚悟しろよ。仕返ししてやる。お前も少しはおれの苦労を思い知れ」

次は自分がキャディになる。信じられなかった。三浦真人のバッグを、わたしが担ぐ。深令さんに話したらどんな反応をするだろう？　きっと怒るかもしれない。キャディの座をかけて勝負しろとか言ってきそうだ。想像して、思わず笑う。

「打つか？」三浦が訊いてきた。

クラブを渡してくる姿が、またしても十年前と重なる。握っているクラブも何かの運命か、６番アイアンだった。

「止まってるボールなんか打って、何が楽しいんですか？」

過去をなぞるように、そう答える。幼かったころの自分。何も知らなかったころの自分。ゴルフにまだ、出会えていなかったころの自分。

三浦も気づき、返してくる。

「打てるのか？」

「当たり前ですよ。この前も大会を盛り上げました」

「じゃあおれに見本を見せてくれ」

クラブを受け取る。ひまりが打席に入り、入れ替わるように、三浦が抜ける。

彼のようになりたいとゴルフを始めた。プレーの姿勢を、いつもお手本にしてきた。ショットを迷ったときは、いつだって三浦真人の顔を思い浮かべた。続けるうち、ゴルフが面白くなった。

やがて彼と再会して、ますますゴルフが好きになった。

「自分自身を飛ばすスポーツ、でしたっけ」

「ああそうだよ」

アドレスに入る。

ゆるやかにテイクバック。トップに入り、そして一気にダウンスイングへ。ボールをはじく。響くインパクトの音。あのとき、まったく振れなかった6番アイアン。クラブがすっぽ抜けることは、もうなかった。

「どこまでも行け」

ひまりの一打が、まっすぐ飛んでいく。

あとがき

先人曰く、ゴルフは人生よりも複雑だそうです。その通りだと思います。

最初にゴルフ（のようなもの）に触れたのは小学生のときでした。近所の山に落ちていた鉄パイプを拾い、夏祭りの景品でもらったスーパーボールを公園で打ったのが私の一打目でした。驚くほどよく飛び、そのときの感触をいまでも覚えています。スーパーボールは藪のなかに消えていきました。

中学時代、クラスメイトが部活で、放課後遊べないときは、母に練習場に連れて行ってもらい、ひたすら球を打っていました。思春期特有の悩みも人並みに抱えていましたが、クラブを振っている間だけは忘れることができました。

そのうち、ゴルフで食べていけたらいいな、と思うようになり、結果や実績を残そうと「ゴルフ部」のある高校を探し、進学しました。そこで初めて同年代の選手たちに触れ、自分の実力を思い知らされました。学生の大会では、県大会、関東大会、全国大会と進んでいくのですが、結局、高校三年間の個人の成績では、関東大会出場止まりが最高となりました。

プロゴルファーを職業にすることをあきらめたのは、高校三年生時、団体戦で全国大会に出場したときです。技術的な実力と、加えて精神力も、すべてにおいて上回っている選手たちがそこら中にいました。大会初日はプレッシャーに押しつぶされ、人生で最も悪いスコアを出しました。二日目は憑き物が取れたようにリラックスしてプレーすることができ、公式大会では自己最高のスコアを出しました。一番良いときと悪いときを知って、自分の限界はここなのだろうと悟りました。

ゴルフとのかかわり方を変え、いまでは趣味や執筆のリフレッシュとしてクラブを振っています。ゴルフが生涯スポーツと言われている意味が、最近は少しずつわかってきました。執筆中、登場人物たちを通して、プロの世界をほんの少しでも垣間見られたことは、とても幸せでした。

本書の執筆にあたり、企画段階から相談に乗ってくださいました六郷さん。集英社文庫での刊行のご縁と、改稿時に的確なアドバイスをいただきました東本さん。表紙イラストを描いてくださいました、賀茂川様。ゴルフの専門用語等で大変なお世話をかけました、校正様。解説をいただきました生田衣梨奈様。ありがとうございました。

それから、ゴルフを始めることを許してくれた父と、毎日のように練習場へ車で送り迎えしてくれた母にも感謝しています。ありがとうございます。夢の叶え方が少し独特になってしまったけれど、プロゴルファーになった、ということにしておいてください。

読者の皆様にも感謝申し上げます。お手に取っていただき、ありがとうございます。初めての方も、他社の作品で知ってくださっている方も、楽しんでいただけると幸いです。ゴルフを身近に感じるための一助になれば、これ以上の喜びはありません。

それでは。

二〇二一年一月

半田　畔

解説――ゴルフ好きに悪いひとはいない

生田衣梨奈

中原ひまりと私、似ているな、と思いながら、ページをめくる手が止まりませんでした。

少し私の紹介をさせていただきますと、ひまりと同様、私も小学三年生でゴルフを始めました。父が仕事の関係でゴルフを始めるときに練習場に付いていったのですが、その時に「打ってみたら?」と言われて打ってみたら楽しかったんです。「プロゴルファーになったら好きなものがたくさん買えるよ」という父の甘い言葉にのせられたのがきっかけです。当時、カードゲームが流行(はや)っていて、私の家は一日一〇〇円まで、と決められていました。それが二〇〇円になるかもしれない、と、小三の私は期待したのです。以来、週に三、四日はレッスンに通う日々を送りました。

その後、幸運にも、アイドルグループ「モーニング娘。」に入りたいという自分のいちばんの夢を叶(かな)えることができましたが、いまもゴルフは、仕事でもプライベートでも楽しませてもらっています。ベストスコアは八五で、ドライバーが得意です。

そうやって幼い頃からゴルフに親しんできた私ですが、ゴルフをテーマにした小説を読むのは初めてで興奮しました。まず、ゴルファーの気持ち、スイングからボールの軌道、ゴルフ場のコンディションまで、ゴルフをこんなふうに正確に言葉にできるのかと驚きました。そして最初に述べたように、主人公のひまりと私は似ているところがあるなと感じ、ひまりのこの気持ち、すごくわかると共感したり、もしかして私もこう見られていたのかなと、我が身を振り返ったりしながら、読み進めました。

家がゴルフ練習場を経営していて、身近だったからこそゴルフに魅力を感じていなかったひまりがゴルフを始めることになったのは、プロゴルファー・三浦真人と出会い、打ちのめされたからでした。ひまりの憧れのゴルファーだった三浦が、その後、紆余（うよ）曲折（きょくせつ）を経てひまりのキャディになり、時に傷つけ合いながらも二人がよきパートナーになるまでがこの本の読みどころの一つだと思います。

プロゴルファーのショットに魅せられた経験が私にもあります。

小三でゴルフを始めたものの、最初はそれほど真剣でなかった私を本気にさせてくれたのは、諸見里（もろみざと）しのぶ選手でした。父に連れられて女子プロの大会を初めて見に行ったとき、子どもながらにプロゴルファーの迫力に圧倒され、カッコいいなと思ったのです。そのとき、偶然にも諸見里選手に声をかけていただき、嬉（うれ）しくて、よし、ゴルフを頑張ろうとスイッチが入りました。

ひまりのゴルフは「わくわくするほうを選ぶ」ゴルフです。

たとえばキャディを務めるひまりの父がここは安全に〝刻め〟――つまり、一打で谷や池を越えようとせずに、いったん安全な場所に出してから、二打目で確実にグリーンを狙えとすすめても、ひまりは一打で谷を、池を越えてみせようとします。だから彼女のプレーは「意表をつくプレー」と表現されます。

と同時に、それは「波のあるプレー」にもなります。

こういった姿勢も私はひまりに似ていて、だからこそ、彼女のプレーに魅せられながらも、ハラハラしました。

私は一パーセントでも確率があるなら、その確率に賭けたくなるタイプです。

もし、林の中に打ち込んでしまった場合。周囲にたくさんの木があっても、木と木の間に少しでも隙間があるなら、その隙間を狙ってグリーンにのせようとするし、小説のなかでひまりがやる「直ドラ」も、数回ですが、実はやったことがあります。

普通、ドライバーは、ティアップして打つ一打目に使います。この小説にも書かれているように、確実な場所にボールを置き、できるだけ距離を飛ばし、二打目を楽にするのがドライバーの役割です。そのドライバーを、ティを刺さずに、直に芝に置かれた二打目以降のフェアウェイで使うことを「直ドラ」といいます。

小説では直ドラを選択するひまりについて、三浦は「ありえない」「こいつはおかしい」と感じています。そのくらいひまりのプレーは無謀である。リスクが大きい。でも、だからわくわくするし、成功したときに得られる喜びは大きいのです。プレーをしているひまりもそうだし、見ているファンや観客も、同じだろうと思います。

私の場合は、〝無謀〟なプレーよりも〝無難〟なプレーのほうが、結果がついてくることはわかっていました。コーチの言うことに従ったほうが、スコアがまとまることが多かったからです。それはちゃんと自覚していても、それでもスリルを求めてしまう。他人の言うことを聞きたくないという、私のわがままも原因だったなと、この作品を読みながら反省しました。

ただ、反省すればいい私とは違ってひまりはプロです。結果が求められます。

プロ一年目は注目されたものの、二年目は結果を出せず、ひまりは崖っぷちに立っています。優勝しなければスポンサー契約を打ち切ると言われた大会で、ひまりと三浦はどう闘うのか。そこがこの物語のクライマックスだと思います。ひまりの「自分がわくわくするゴルフ」を、時に叱咤し、時にひまりと大きく衝突しながらも、「チャレンジ」でもあると認める三浦の受け止め方を、私は素敵だなあと思いました。

ただ楽しいだけではダメなんだ。楽しくて勝つゴルフをしなければ。

ひまりをそういう気持ちにさせた存在がもう一人います。勝ちたいと思う存在、つまりライバルです。

木月深令。徹底的に勝ちを追求する同年代のゴルファーと二人で、ひまりは大会の最終日、最終組を回ることになります。ひまりと深令のプレーは対照的で、また、深令のキャディが三浦にライバル心を持っているのも面白く、二人の熾烈でフェアな戦いは、手に汗握るとともに、読後、清々しい気持ちになりました。

ゴルフは個人競技です。だからゴルフは、自分と闘うスポーツだということができると思います。そして個人競技だからこそ、ライバルから得られるものが大きいと、私は思っています。

たとえば私の属する「モーニング娘。'21」には、一四名のメンバーがいます。グループ活動なので、メンバーはライバルというより仲間であり、助け合い、支え合い、ともに成長するチームです。

一方でゴルフは、一人で闘うからこそ、ライバルから学びたい、刺激を受けたいという気持ちになります。私がドライバーを好きになったのも、当時、通っていたゴルフスクールに、ドライバーが上手い女の子がいたからです。その子のようになりたいと憧れ、近づきたいと思い、彼女の打ち方を真似しているうちに、いつの間にか女子としては飛距離が出るようになりました。

他にもこの小説にはゴルフの魅力が溢れています。

小説のなかに三浦の印象的な言葉があります。

「球筋にはそのひとの性格がでる。ゴルフとは、自分自身を飛ばすスポーツなんだ」

「百人いれば百通りの打ち方がある」

本当に、ゴルフにはその人の性格が現れると思います。だから面白い。ひまりのように派手なプレーを好むひともいれば、堅実なゴルフを好むひともいる。

私はコースに出ると、一緒に回る人を観察したくなります。他人のプレーにあまり構わず、自分のプレーにだけ集中するゴルファーもいると思いますが、私はつい、人を見てしまう。

たとえば、打つ前にどんな〝ルーティン〟を行うのだろうと。この本に出てくるひまりのルーティンも、興味深く読みました（ちなみに私のルーティンは、ボールを飛ばしたい方向にクラブを真っ直ぐに向け、下ろします。その方向に向けて素振りを二回。時間をかけると考え過ぎるので、素振りの後、素早く打つ、というものです。たまに、自分と同じルーティンをしている人を発見すると、嬉しくなります）。

プレーのみならず、ゴルフバッグを見るのも私は好きです。どんなヘッドカバーを付けているか。キャラクターのヘッドカバーを使っている男性を見ると、かわいらしいところがあるのかなと想像したり、ウッドからアイアンまで、同じカバーで揃えている人を見ると几帳面だなと感心したり、あるいは購入時のままのものを使っているひとを見ると、飾らない性格なのかなと思ったり。私はあまり飾らないほうで、そういうところにも、人間性が出るような気がします。

それから、二〇代の女子ゴルファーを主人公にしているこの小説には、ファッションについての話も出てきます。「強くありたいし、可愛くありたい」と語る女子プロの鴨野めぐの気持ちが、私にはよくわかりました。

好きなゴルフウェアや納得のいくコーディネートをまとうと、テンションの上がる女子は少なくないと思います。私自身もそうですし、見てくださるファンの方も喜んでくれる。美しい緑に囲まれた大自然のなかでは、日常生活では派手すぎるような色や柄も、案外、溶け込むものです。ファッションがゴルフの入り口になることもあるということを、この小説は教えてくれます。

そしてメンタルをどう保つか。どんなスポーツもそうかもしれませんが、ゴルフのショットは常にメンタルに左右されます。終盤、ひまりが「自分の精神がこれほどもろかったことを、今日、初めて知った」と、呆然とする場面が出てきます。ゴルフの大会は数日にわたって行われます。今日崩れたら、明日までに立ち直らなければいけない。ひまりはどうやって気持ちを切り替えるのか。ゴルフをする人にもしない人にも、メンタルについて考えさせられるところがある場面だと思いました。

私の世代、あるいはもっと若い世代の方には、ゴルフは〝おじさん〟のスポーツというイメージがあるかもしれません。でも、いまは女子プロの人気も高く、私の周囲にも、ゴルフを始める同年代の女性が多くいます。若い女性にも、この小説を読んで、ゴルフって楽しそうだなと思ってもらえたら、ゴルフ好きの私としてはとても嬉しい。ゴルフのいちばんの良さは、ゴルフをしていなければ出会えないようなひとたちと半日なり一日をともにし、ゴルフの楽しさ、難しさ、厳しさを分かちあい、世代や職業を超えて、仲良くなれるところだと思っています。

「ゴルフ好きに悪いひとはいない」と、聞いたことがあります。

ひまりと三浦のこの物語を読んで、本当にそうだなあと思いました。

（いくた・えりな　モーニング娘。'21）

『ひまりの一打』をもっとたのしめる

ゴルフ初級講座

ゴルフの基本的なルール

◉一つのボールを打ち続ける

第一打からホール（ゴールの穴）に入れるまで、一つのボールを使う。ボールをなくしたり、間違ってだれかのボールを打った場合はペナルティを受ける。

◉ホールに入れるまでにどれだけ少なく打ったかを競うゲーム

打った数は自分で数える。基本的に4人1組でラウンドし、スタート後はホールから球の遠い人から順番に打っていく。（ホールから球の近い人からの場合もあり）。

◉18のホールにボールを入れる

コースには18のホールがあり、これらをまわってプレーをする。前半の1～9番ホールを「アウト」、後半の10～18番ホールを「イン」と呼ぶ。各ホールには基準の打数（パー）が定められていて、18ホールで合計72打というのが基準打数になる。典型的なコースは、パー3（3打以内）が4ホール、パー4（4打以内）が10ホール、パー5（5打以内）が4ホールという構成になっている。

◉ゴルフクラブは14本まで

飛距離や弾道などに応じてクラブを使い分けられる。自分のキャディバッグに入れてプレーで使えるクラブの本数は、14本までと決められている。

ゴルフクラブの種類

ウッド　Wood	ドライバー　Driver	1W	ドライバー
	フェアウェイウッド　Fairway Wood	2W	ブラッシー
		3W	スプーン
		4W	バフィ
		5W	クリーク
	ショートウッド　Short Wood	7W	
		9W	
ユーティリティ　Utility			
アイアン　Iron	ロングアイアン　Long Iron	1番	
		2番	
		3番	
	ミドルアイアン　Middle Iron	4番	
		5番	
		6番	
	ショートアイアン　Short Iron	7番	
		8番	
		9番	
	ウェッジ　Wedge	PW	ピッチングウェッジ
		AW	アプローチウェッジ
		SW	サンドウェッジ
パター　Putter			

ゴルフコースの各エリア（2019年より名称変更）

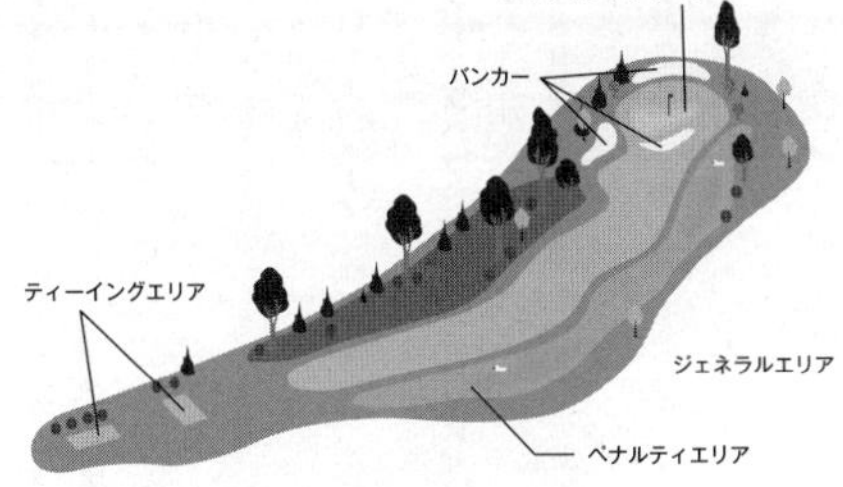

1 ティーイングエリア
（ティーインググラウンド）
各ホールのスタート地点。このエリアで1打目（ティショット）を打つ。

2 バンカー
コース上に障害として設置された砂場。

3 ペナルティエリア
池や川など、特別なルールが適用される区域。プレー禁止区域（アウトオブバウンズ／OB）に入ってしまった場合は、元にあった場所から打ち直しになる。

4 パッティンググリーン（グリーン）
カップが設置されている各ホールのゴール地点。このエリアでは、パターを使うのが一般的。

5 ジェネラルエリア
上記以外の部分。以前はスルーザグリーンと呼ばれていた。

スコアの呼び方一覧

スコア	パー3	パー4	パー5	スコアの呼び方
-4	–	–	1	トリプルイーグル（コンドル ※ハゲタカの意）
-3	–	1	2	ダブルイーグル（アルバトロス ※アホウドリの意）
-2	1	2	3	イーグル ※鷲の意
-1	2	3	4	バーディ ※小鳥の意
±0	3	4	5	パー（規定・基準）
+1	4	5	6	ボギー ※お化けの意
+2	5	6	7	ダブルボギー
+3	6	7	8	トリプルボギー
+4	7	8	9	クワドラプルボギー

本書にも出てくる！

ゴルフ用語集

あ行

アゲインスト　向かい風のことをいう和製英語。距離が通常よりも出づらいため、その点も考慮してショットを狙う。

アップライトスイング　スイング時の腕とクラブの曲面が地面に垂直近くなること。

アドレス　足場を固めてクラブをセットすること。スイングを行う際の構え。

アプローチ　グーリン周辺からホールを狙って打つショットのこと。

アウトオブバウンズ　OB。プレーの許されないエリアのこと。

アウトドライブ　ティショット時に他のプレーヤーの飛距離を超えること。

インパクト　クラブでゴルフボールを打つ瞬間のこと。

打ちおろし　ボールの目標地点が、打とうとしている場所より低いこと。

オーバースピン　進行方向に回転がかかる打球のこと。

オナー　一番初めにティショットを打つ権利がある人のこと。

か行

カップ　最後にボールを入れる穴のこと。ホールともいう。

キック　打球が地面で弾むこと。

キャリー　ショットが地面に落ちるまでの飛球距離のこと。

クラブフェース　ゴルフクラブがゴルフボールに当たる面のこと。

さ行

スイートスポット　クラブヘッドの芯。重心点のこと。

ストローク　ボールを打つこと。

スループレイ　9番ホールまでプレーした後、休憩時間なしでそのまま18番ホールまで続けてプレーすること。

セルフプレー　キャディーを伴わずに行うプレーのこと。

た行

ダウンスイング　トップスイングからクラブをボールに向けて

振り下ろすこと。

ダフる　ボールを打つ際に地面を叩いてしまうミスショットのこと。

チップイン　パッティンググリーンの外からカップにいれること。

ツーサム　一つの組を二人でプレーすること。三人でプレーする場合はスリーサム。

テイクバック　アドレスからクラブを後方に引く動作のこと。

ティショット　そのコースにおける一打目のこと。

ディンプル　ボールの表面に刻まれたボコボコの凹みのこと。

な行

ニアピン　ボールをカップの近くまで寄せること。

は行

パーオン　そのホールの基準打数（パー）より二打差し引いてグリーンに乗せること。

パット／パッティング　グリーン上のボールをホールに向けて打つこと。

ピン　ホールの位置を示すための旗付きの棒のこと。

フィート（フット）　距離の単位。1フィートは約30センチ。

フォロースルー　スイングのインパクト後からフィニッシュまでのこと。

フライヤー　ボールがグリーンをオーバーして飛んで行ってしまうこと。

プレーオフ　決められたホール数で決着がつかない場合に行われる延長戦のこと。

ホールアウト　ボールを入れ、そのホールを終了すること。

や行

ヤード　距離の単位。1ヤードは約90センチ。

ら行

ラウンド　18ホール全て回ること。

ラフ　フェアウェイ以外の、芝が長くなっているエリアのこと。

ラン　ボールが着地した後に転がること。

ランニングアプローチ　ボールを転がしてカップに寄せるアプローチ技術のこと。

ロブショット　ボールをふわりと上げて打つアプローチショットのこと。

わ行

ワンオン　ティショットがグリーンに乗ること。

ワンウェイスタート　1番から18番ホールまで順番に回ること。

〔主要参考文献〕

・新星出版社編集部編『ゴルフルールBOOK』新星出版社
・公益社団法人日本プロゴルフ協会監修『最新 ゴルフルールハンドブック』永岡書店
・飯田雅樹監修『わかりやすいゴルフのルール』成美堂出版
・小山混著『はじめてのゴルフルール』主婦の友社

本書は、集英社文庫のために書き下ろされた作品です。

本文デザイン・図版／坂野公一（ｗｅｌｌｅ ｄｅｓｉｇｎ）

本文イラスト／賀茂川

S 集英社文庫

ひまりの一打(いちだ)

2021年2月25日　第1刷　　定価はカバーに表示してあります。

著　者　半田(はんだ)　畔(ほとり)

発行者　徳永　真

発行所　株式会社　集英社

東京都千代田区一ツ橋2-5-10　〒101-8050

電話　【編集部】03-3230-6095

【読者係】03-3230-6080

【販売部】03-3230-6393（書店専用）

印　刷　図書印刷株式会社

製　本　図書印刷株式会社

フォーマットデザイン　アリヤマデザインストア　　マークデザイン　居山浩二

ISBN978-4-08-744216-8 C0193